Fritz-Stefan Valtner

Kommissar a. D. Klaus Schöne

Aktenzeichen 2609

Ein ungeklärter Mord auf Baltrum

*Kommissar a. D.
Klaus Schöne*

Aktenzeichen 2609

Ein ungeklärter Mord auf Baltrum

Bibliografische Information der Deutschen Nationalbibliothek:
Die Deutsche Nationalbibliothek verzeichnet diese Publikation in der Deutschen Nationalbibliothek; detaillierte bibliografische Daten sind im Internet über http://dnb.dnb.de abrufbar.

Copyright: Fritz-Stefan Valtner, 2016
Illustrationen
Copyright: Manuela und Fritz Valtner
Autorenfoto: Claudia Keller
Umschlagsgrafik: Fritz Valtner
Herstellung
und Verlag: BoD-Books on Demand
Norderstedt
2. Auflage 2017

Printed in Germany

ISBN 978-3-7412-8813-5

Alle Ähnlichkeiten mit lebenden Personen sind rein zufällig.

Das Vorwort

In diesem Buch "Aktenzeichen 2609" geht es um einen ungeklärten Mord aus dem Jahre 1993.

Am 6.4.1993 fand man eine männliche Leiche am Strand von Baltrum. Sie war etwa 40 Jahre alt und wies eine starke Schädelverletzung auf. Trotz intensiver Ermittlungen konnten der oder die Mörder bisher nicht gefasst werden. Die Spuren an dem Toten beziehungsweise an seiner Fundstelle waren kaum verwertbar. Wie er dort hinkam, konnte man sich auch nicht erklären, da er auf dem Festland wohnte. Verbindungen zur Insel konnte man ebenso wenig feststellen und was man sonst noch aus dem Leben des Opfers in Erfahrung bringen konnte war sehr gering.

Das er nach zwanzig Jahren noch einmal Beachtung fand, ist einem kleinen Zeitungsartikel zu verdanken, der am 6.6.2013 in einer Regionalzeitung unter der Rubrik "Rückblick" erschien.

Vor 20 Jahren

1993 wurde am Strand von Baltrum eine männliche Leiche gefunden. Sie wies schwere Schädelverletzungen auf. Die bisher unbekannte Leiche ist etwa 40 Jahre alt und ca. 180 cm groß. Auffällig war seine Kleidung. Sie war viel zu groß für ihn. Sonst trug er weder Papiere noch eine Uhr oder einen Ring bei sich. Die Taschen in seiner Kleidung waren ebenfalls leer. Nach den ersten Aussagen des Arztes, der die Leiche untersuchte, lag sie noch nicht allzu lange im Wasser. Sollte der Mord, was man annahm, hier auf der Insel passiert sein?

Aber die Spuren waren recht dünn. Trotz zahlreicher Befragungen und Überprüfungen kam man nicht weiter. Dazu gab der Tote zu viele Rätsel auf. Weitere Nachforschungen verliefen im Sande. Bleibt die Tat auch nach 20 Jahren ungesühnt? Lebt der Mörder noch? Lebt er vielleicht noch unter uns? Ein schrecklicher Gedanke.

Dieser kleine Artikel machte unseren Kommissar a. D. Klaus Schöne stutzig und weckte seine Neugier.

Aber nun alles der Reihe nach.

Endlich Urlaub!

Über fast 30 Jahre lang hatte Kommissar a.D. Klaus Schöne der Mordkommission Köln vorgestanden. Hunderte von Fällen konnte er aufklären und die Mörder ihren gerechten Strafen zuführen. Damit war es seit dem 30.4.2013 vorbei. Kommissar Klaus Schöne wurde in den verdienten Ruhestand versetzt. Er war jetzt 67 Jahre alt. Sein Feld war gut bestellt und Peter Schulz wurde sein würdiger Nachfolger. Ihm fiel der Abschied schwer. Zu lange hatte er die Verantwortung getragen und die kann man nicht so einfach abschütteln. Als er seinen Schreibtisch aufräumte, lag kein aktueller Fall mehr vor.
Er hatte sie alle mit seiner scharfen Analyse und seiner Liebe zum Detail gelöst. Für ihn gab es den perfekten Mord nicht. Einen Fehler macht jeder! Den galt es zu finden und da hatte er immer den fünften Sinn gehabt.

Dies machte seinen Erfolg aus.

Noch einmal schaute er aus dem Fenster seines Büros heraus, so wie er das immer gemacht hatte, wenn er nachdachte. Auch jetzt schaute er wieder raus, allerdings mehr zurück auf die alten Fälle. Wehmut kam auf. Nun brauchte man seine Erfahrung nicht mehr. Er war alt. Was heißt hier alt? So fühlte er sich noch lange nicht.
Gut, irgendwelche wilde und rasanten Verfolgungsfahrten waren nie sein Ding, er löste seine Fälle damit, dass er seinen Verstand einsetzte, sich in die Lage des Täters versetzen konnte, auf winzige Details achtete und dadurch den Schlüssel zur Ergreifung des Täters fand. Die wilden Jagden überließ er lieber seinem jungen Assistenten. Trotzdem war er seinen jungen Kollegen immer einen Schritt voraus.

Jetzt war es aus damit. Noch einmal ließ er seine Blicke schweifen, packte die wenigen Sachen aus seinem Büro zusammen.

Er brauchte nicht viel an Gerätschaften, wie seine modernen Kollegen.
Das wichtigste Utensil war sein kleiner Notizblock und sein Bleistift. Hier standen alle Details drin, jeder Hinweis, jeder noch so kleiner Gedanke, jede Personenbeschreibung und zum Schluss die Auflösung.

Gut die neuen Techniken und Erkenntnisse in der Gerichtsmedizin nutzte er selbstverständlich auch. Er verließ sich lieber auf das, was er selbst gesehen, gehört hat und auf seine langjährige Erfahrung auf diesem Gebiet. Da konnte einer studiert oder, seinen Doktor abgelegt haben, an diesen Erfahrungsschatz kam er einfach nicht heran.

Jetzt sollte es damit vorbei sein...?

Seine Kollegen kamen in das Büro herein, um ihn zu verabschieden. Seit langem gab es mal wieder Sekt in dieser Abteilung.

Diesmal nicht um eine Ergreifung zu feiern, nein, diesmal um Abschied zu feiern, Abschied zu nehmen von einem sehr verdienten Chef, Kollegen und Mitarbeitern. Man überreichte ihm mit salbungsvollen Worten eine Urkunde für seine Verdienste und eine Verdienst - Medaille. Seine Kollegen überreichten ihm eine neue Angelausrüstung, wofür er ja jetzt Zeit hat, diese ausgiebig zu nutzen. Dann übergaben sie ihm noch ein goldenes Notizbuch mit einem kleinen goldenen Stift für den Fall, dass er noch einmal gebraucht wird. Mit einem kleinen Essen in einem nahe gelegenen Hotelrestaurant endete sein letzter Arbeitstag.

Am nächsten Morgen, er wurde gegen zehn Uhr wach, dachte er, er hätte verschlafen und wollte sich schon fertig machen, um ins Büro zu fahren, als ihm einfiel, dass er ja nicht mehr zum Dienst brauchte. Er war ja jetzt ein so genannter a. D.!

Ja, was sollte er jetzt machen? Bisher hatte er immer seine Arbeit gehabt. Seine Frau hatte sich vor ein paar Jahren von ihm scheiden lassen, da sie seine ständigen Einsätze Tag und Nacht nicht mehr verkraften konnte. So lebte er allein. Kinder hatte er nicht.
Er kam auch so ganz gut zurecht. Der Haushalt war ordentlich, die Wohnung aufgeräumt. Was will man mehr?
Nach einigen Tagen fiel ihm aber die Decke auf den Kopf. Mehr als aufräumen und putzen kann man nicht. Er wurde unruhig. Er brauchte Abwechslung. Also ging er in ein Reisebüro und buchte einen vierwöchigen Urlaub auf Baltrum, einer der kleinsten ostfriesischen Inseln. Hier konnte er auch seinem Lieblingshobby, dem Angeln nachgehen. Dabei konnte er sich so herrlich entspannen. Übermorgen wollte er fahren. Der Rucksack war schnell gepackt, das Angelzeug ebenso.

Es konnte losgehen!

Mit dem Zug und Bus fuhr er nach Neßmersiel, um sich von dort mit der Fähre nach Baltrum übersetzten zu lassen. Er genoss die gute Luft und den strahlend blauen Himmel. Seit Jahren wieder einmal einen Urlaub genieße, ohne das man gerufen wurde, zu irgendeinem Verbrechen, dass aufgeklärt werden musste. Jetzt wollte er nur genießen.
Im Hafen angekommen, schnappte er sich seinen Rucksack, sein Angelzeug und ging die zwei Kilometer bis zum Hotel zu Fuß, anstatt sich bequem mit der Pferdekutsche in den Ort fahren zu lassen. Nein, er genoss dies, durch die herrliche Natur zu gehen. Er merkte zum ersten Mal, dass alle Last der letzten Jahre von ihm abfielen.

Er war jetzt frei.

Keiner, der ihn jetzt stören konnte, keine Fälle mehr zu bearbeiten, keine Mörder mehr dingfest machen. All das war nicht mehr.

Jetzt konnte er mal das tun, wozu er Lust hatte.
Lange schlafen, barfuß am Strand entlang laufen, ohne auf die Zeit achten zu müssen. Seinen geliebten Kaffee in einer Strandbude zu trinken, ja, einfach nur Zeit zu haben. Zeit für sich zu haben! Ein Gut, auf das er jahrelang verzichten musste.

Jetzt hatte er die Zeit. Jetzt konnte er sich auf eine Bank setzen und einfach in die Natur schauen, ohne sich über irgendwelche Details Gedanken zu machen.

Die ersten Tage auf der Insel nutzte er, um sich umzusehen.

Ein paar Daten hatte er schon in einem Prospekt gelesen. So wusste er, dass die kleine Insel fünf Kilometer lang und etwa anderthalb Kilometer breit war. Mit zirka sechseinhalb Quadratkilometer war sie die Kleinste der Ostfriesischen Inseln.

Zum ersten Mal wurde sie um 1398 urkundlich erwähnt. Im Jahre 1876 wurde sie ein Seebad. Erst 1966 wurde sie als Nordseeheilbad anerkannt.

Eine Inselumrundung dauert zu Fuß rund fünf Stunden und ist etwa fünfzehn Kilometer lang.

Rund 500 Bewohner erwarten jedes Jahr rund 300.000 Gäste. Also ist im Sommer hier sehr viel los.

Er schaute sich um, wo er Essen gehen, wo er einkaufen und seinen geliebten Kaffee trinken konnte.

Er nutzte aber auch das schöne Wetter um stundenlang barfuß am Strand entlang zu laufen.
Es gab immer wieder Neues zu entdecken.

Dann legte er sich einen Strandkorb zu und konnte sich hier herrlich entspannen, mit Blick auf den Strand, die Wellen und das Treiben am Strand.
Seinen geliebten Kaffee gab es im nahe gelegenen Strandcafè.
Zum ersten Mal hatte er keinen Zeitdruck.

Er genoss einfach die Ruhe.

Der erste Fall für den Nachfolger

In seiner alten Wirkungsstätte versuchte man zu dieser Zeit einen Mordfall zu klären. Aber irgendetwas fehlte noch dem neuen leitenden Kommissar Schulz. Die Erfahrung, die Ruhe und den Spürsinn des Alten. Man wollte ihn aber nicht ansprechen, zumal er ja gerade ein paar Tage im Ruhestand war. Sein Nachfolger versuchte verzweifelt seinem Vorbild nachzueifern. Aber so sehr er sich auch anstrengte, er kam einfach nicht weiter. Hatte er etwas übersehen? Irgendein Detail? Oder einer Aussage zu wenig an Bedeutung beigemessen? Wie wäre sein Kommissar vorgegangen? Er verzweifelte fast. Jetzt musste er zeigen, was er drauf hatte, was er gelernt hatte.

Er ging noch einmal alle Fakten, alle Gesprächsaufzeichnungen, alle gesammelte Informationen akribisch durch. Hier musste doch der Schlüssel für die Lösung des Falles liegen.

Oder fehlen uns noch weitere Informationen? Welche sollten diese aber sein? Bis spät in der Nacht saß er über den Unterlagen. Eine Lösung fand er aber nicht!

Oft hatte sein Kommissar eine Falle für den Verdächtigen aufgestellt. Und? Prompt schnappte sie zu und er konnte den Täter überführen.

Wie sollte er diesmal eine Falle aufstellen?
Manchmal baute der Kommissar auch eine Falle auf, ohne auch nur einen einzigen Verdachtsmoment zu haben. Der Täter wurde nervös und machte den entscheidenden Fehler. Jetzt hatte er keine Chance mehr und der Fall konnte zu den Akten gelegt werden. War das Können oder einfach nur eine plötzliche Eingabe, um den Täter zu einem Fehler zu verleiten?

Was sollte er nur machen?

Wenn er keinen Grund fand, dann musste er den vermeintlichen Täter frei lassen. So wollte es das Gesetz. Die Zeit drängte. Dabei war er sich sicher, dass er den Täter an der Angel hatte, aber der letzte kleine, entscheidende Beweis fehlte ihm noch. Wo war aber dieser letzte Beweis? Er konnte ihn nicht entdecken. Nur sein Gefühl sagte ihm, dass nur er der Täter sein konnte. Alle Welt will aber nur absolute Ergebnisse sehen.

Er sah keine andere Möglichkeit, als sich einen Rat bei seinem alten Chef zu holen, den er sehr schätzte.
Obwohl es schon sehr spät am Abend war, rief er ihn an. Er hatte Glück, sein alter Chef war noch auf. Für seinen Schüler hatte er immer Zeit. Er schilderte ihm den Fall. Es gingen zahlreiche Fragen hin und her. Sein alter Chef gab ihm folgenden Auftrag. Hol` den vermeintlichen Täter aus dem Bett und beginne das Verhör von neuem.

Behaupte, dass du das Motiv kennst und ihm jetzt nachweisen kannst, dass er der Täter ist. Wiederhole immer wieder die gleichen Details mit kleinen Abweichungen. Jedes Mal wenn er dich berichtigen will, dann fasse hier sehr stark nach. Vielleicht gibt er auch etwas preis, was ihn verraten könnte. Lege Pausen ein, um das Protokoll aufmerksam zu lesen. In der Zwischenzeit sollte dein Kollege das Verhör weiterführen, in dem er die bekannten Fakten immer wieder mal verändert. Verunsicherung ist das Stichwort. Irgendwann macht er einen Fehler, den sollte man aber dann auch erkennen und hier brutal nachfassen. "Gut", sagte sein ehemaliger Schüler, dass werde er machen.

Der Täter wurde aus seinem Schlaf gerissen und die ganze Nacht hindurch wurde er verhört. Immer neuere Fakten konnten gesammelt werden. Er wurde regelrecht weichgekocht. Nach Stunden des Verhörs brach er zusammen.

Er hatte sich verfangen in seinem Netz der Lügen. Er gestand die Tat in allen Einzelheiten und war froh, endlich von der Last der Tat befreit zu werden.

Wieder einmal hatten eine Eingebung des alten Kommissars und die Hartnäckigkeit seines Nachfolgers den Täter gezwungen, ein Geständnis abzugeben und ihn der Gerechtigkeit zuzuführen.
Noch am frühen Morgen rief er seinen alten Vorgesetzten an und teilte ihm mit, dass der Täter gestanden hat, der dank seiner Methode, zum Geständnis führte.

Ein merkwürdiger Zeitungsartikel

Herr Schöne, Kommissar a. D. saß an einem Morgen an seinem Frühstückstisch und las wie immer die Zeitung. Auf der vierten Seite der Zeitung fiel sein Blick auf einen Zeitungsartikel, der ihm doch sehr merkwürdig vorkam.

1993 wurde am Strand von Baltrum eine männliche Leiche gefunden. Sie wies schwere Schädelverletzungen auf. Die bisher unbekannte Leiche ist etwa 40 Jahre alt und ca. 180 cm groß. Auffällig war seine Kleidung. Sie war viel zu groß für ihn. Sonst trug er weder Papiere noch eine Uhr oder einen Ring bei sich. Die Taschen in seiner Kleidung waren ebenfalls leer. Nach den ersten Aussagen des Arztes, der die Leiche untersuchte, lag sie noch nicht allzu lange im Wasser. Sollte der Mord, was man annahm, hier auf der Insel passiert sein?

Aber die Spuren am Tatort waren recht dünn. Trotz den zahlreichen Befragungen und Überprüfungen kam man nicht weiter. Dazu gab der Tote zu viele Rätsel auf. Weitere Nachforschungen verliefen im Sande. Bleibt die Tat auch nach 20 Jahren ungesühnt? Lebt der Mörder noch? Lebt er vielleicht noch unter uns? Ein schrecklicher Gedanke.

Sollte da noch ein Mörder unter uns weilen? Kommissar Schöne wurde neugierig. Er nahm Kontakt auf zu dem Redakteur, der diesen Artikel geschrieben hatte. In einem Gespräch in der Redaktion bekam er weitere Einzelheiten mitgeteilt. Auch die alten Zeitungsberichte konnte man im Archiv finden. Es gab viele Vermutungen, aber eine Spur des Mörders konnte man damals nicht finden. So langsam erwachte in ihm wieder der Fahnder. Er wollte mehr wissen.

Er machte sich auf die Jagd nach den alten Untersuchungsakten. Die Untersuchungen wurden damals von der Kripo in Hamburg durchgeführt. Er nahm Kontakt auf zu seinen Kollegen.

Kurze Zeit später verließ er die Insel, um nach Hamburg zu fahren. Nach einigen Gesprächen, unter anderen auch mit der Hamburger Leitung, erhielt er die Möglichkeit, sich diesem alten Fall noch einmal vorzunehmen. Vielleicht kam ja er weiter, als damals seine Kollegen. Wer weiß?

Nachdem er die Zusage hatte, rang er dem Dienstherrn in Köln die Zusage ab, dass sein Nachfolger und bisheriger Mitarbeiter Peter Schulz in Köln ihn bei dieser Mission unterstützen sollte. So geschah es auch. Peter Schulz wurde nach Baltrum beordert. Als er diese Dienstanweisung bekam, war er etwas irritiert. Was sollte dahinterstecken? War er jetzt versetzt worden, aus Mangel an Erfolgen?

Dabei hatte er doch gerade wieder einen Fall gelöst. Gut - er hatte sich hier Hilfe geholt. Aber das ist doch nur natürlich, wenn man sich austauscht und so einen Fall lösen konnte. Etwas erleichtert war er, als sein ehemaliger Chef ihn anrief und ihm sagte, dass er auf Baltrum einen Mordfall aufzuklären habe, der über 20 Jahre zurück liegt. Dazu bräuchte er ihn, als harter Ermittler, während er im Hintergrund in stiller Mission ermitteln wollte. Es wäre doch gelacht, wenn sie beide den Fall nicht gelöst bekämen. Peter Schulz war darüber sehr froh, denn er hatte mit Kommissar Schöne immer sehr gerne zusammen gearbeitet und unheimlich viel von ihm lernen können.

Also packte er seine Sachen und machte sich Richtung Baltrum auf den Weg. Er freute sich, mit seinem alten Chef, gemeinsam einen ungelösten Fall zu bearbeiten. Jetzt wurde auch er neugierig.

Es war ein schöner Sommertag, als Peter mit der Fähre auf Baltrum landete. Er spürte sofort eine angenehme Stille die ihn empfing, als er den Boden der Insel betrat.
Er wurde schon erwartet. Peter wurde herzlich begrüßt von seinem alten Chef. Gemeinsam gingen sie vom Hafen zum Hotel. Das weiße Hotel nahe dem Hafen war die Zentrale der polizeilichen Ermittlungen. Peter wohnte jetzt hier, während er die Ermittlungen durchführte. Damit es niemandem auffiel, dass die beiden zusammen ermitteln, legten sie fest, dass die Besprechungen ausschließlich am Strand stattfinden sollten. Hier sollte man sich rein zufällig treffen. Dies galt auch für das Abendessen. Der Chef wollte unbedingt im Hintergrund bleiben. Dafür hatte er seine Gründe. Ahnte er schon etwas?
Also wurde verabredet, dass man sich am Strand treffen wollte, um über erste Informationen zu sprechen, die schon vorlagen.

Die ersten Informationen hatte er sich aus den alten Unterlagen heraus gezogen und konnte Schulz diese schon kurz und knapp mitteilen.

An der ersten Kreuzung, vom Hafen aus gesehen, trennten sich erst einmal ihre Wege. Peter ging zum Hotel und der Chef in seine Pension.
Am Abend traf man sich rein zufällig zum Abendessen. Man plauderte über alte Zeiten und die neue Entwicklung auf dem Revier. Nach dem Essen gingen die beiden noch etwas im Westdorf spazieren. Kommissar Schöne zeigte seinem jungen Kollegen die zahlreichen Einkaufsmöglichkeiten, die beiden Kirchen und die Spezialitäten Geschäfte.

Das Westdorf wird oft als "Wilder Westen" betitelt, während es im Ostdorf ruhiger zugeht. Hier befinden sich auch die ältesten Häuser auf der Insel.

Das Zollhaus datiert aus dem Jahre 1855 und ist ein ostfriesisches Doppelhaus. Heute befindet sich das Museum darin.

Es gibt drei Kirchen auf der Insel. Die alte Inselkirche von 1826, die große evangelische Kirche von 1930

und die Reet gedeckte katholische Kirche von 1957.

Drei bis vier Kirchen mussten vorher wieder aufgegeben werden, sie fielen dem "Blanken Hans" zum Opfer.

In der evangelischen Kirche befindet sich auch die "Turmbücherei", wo man sich Bücher ausleihen kann. Von dort oben gibt es auch einen sehr schönen Blick gen Osten der Insel.

Die katholische Kirche St. Nikolaus gilt auf der Insel als architektonisches Kleinod. Ein Besuch lohnt sich auf alle Fälle.

Das älteste Haus stammt von 1826. Es wurde nach der großen Sturmflut von 1825 gebaut.

Man verabredete sich für den nächsten Morgen am Strand, recht weit im Osten der Insel.

Am nächsten Morgen, es war ein herrlicher Sonnentag, sah man zwei Männer am Strand entlang laufen, die sich wie zwei junge Hunde benahmen. So ausgelassen waren sie. Auf einer Sandbank, die verlassen da lag, gönnte man sich eine kleine Pause. Hier übergab der Kommissar seinem jungen Kollegen die Unterlagen, die er bisher sammeln konnte. Viel hatte man damals nicht in Erfahrung gebracht. Oder hatte man hier nicht genau genug ermittelt?

Warum?

Viele Fragen waren offen. Selbst die Identität des Toten war nebulös.

Wo sollte man jetzt ansetzen? Wo kam der Tote her? Was wollte er auf Baltrum? Gab es Verbindungen zur Insel?

Gab es vielleicht noch Zeitzeugen? Gab es noch die damals Verhörten beziehungsweise Leute, die als Zeugen aussagten?

Hier sollte sein Kollege noch einmal nachfassen.

Er wird sich im Hintergrund halten und die Bewohner beobachten, ob jemand unruhig wird. Vielleicht kommt man so auf eine neue Spur.
Damals gab es bereits vier Verdächtige, aber man konnte ihnen nie etwas nachweisen. Schon damals waren sie in dubiose Geschäfte verwickelt. Zu dieser Zeit gab es Gerüchte über einen plötzlichen Reichtum der Vier. Aber es waren scheinbar nur Gerüchte. Dennoch gab es Dinge, die nachgeprüft werden sollten.

Kommissar Schulz begann in den nächsten Tagen mit den ersten Gesprächen.

Er nahm sich einen nach dem anderen der Vier vor. Aber hier gab es eine Mauer des Schweigens. Er brachte kaum etwas in Erfahrung. Ein Gefühl sagte ihm, dass sie etwas wissen müssen. In den nächsten Tagen wurden sie von Kommissar Schöne beobachtet.

Eine gewisse Unruhe machte sich unter ihnen bereit. Immer wieder saßen sie zusammen und sprachen miteinander.
Wussten sie mehr, als sie preisgaben?
Worum ging es bei ihren Gesprächen?
Unabhängig davon, standen aber noch viele Fragen offen.

Wer war der Tote?
Was wollte er auf der Insel?
Wurde er auf der Insel ermordet?
Hatte er mit irgendjemandem Kontakt?
Wo wohnte er?
Was war in der Mordnacht auf der Insel los?
Waren die Vier daran beteiligt?
Gab es jemanden im Hintergrund?

Gab es Auffälligkeiten auf der Insel nach dem Mord?
Wer verfügte plötzlich über mehr Geld?
Wer hatte ein Interesse ihn zu ermorden?
Spielte Eifersucht eine Rolle?

Je mehr der Kommissar darüber nach dachte, um so mehr Fragen türmten sich vor ihm auf. Also sollte man zunächst die Frage : "Wer war der Tote" klären?
Wer war er? Wo kam er her? Was wollte er?
Diese Fragen waren damals nicht geklärt worden. Also sollte man hier ansetzen.
Viel an Informationen hatte man nicht. Man wusste nur, dass er vom Festland kam. Aber das Festland ist groß. Wo sollte man hier anfangen zu suchen?

Am nächsten Morgen trafen sich der Kommissar und sein Mitarbeiter Peter Schulz zu einem Frühstück in einem Hotel in der Nähe des Rathauses.

Hier tauschten sie die Details und Fragen aus, die man zuerst klären sollte.

Dann machte der Kommissar seinem Kollegen einen ungewöhnlichen Vorschlag. Er sollte ihn auf das Festland begleiten, um ihm in einem Elektronikladen, bei der Wahl eines Laptops zu helfen. Schulz staunte ungläubig den Kommissar an. "Sie wollen jetzt noch einmal mit dem Computer anfangen?" "Ja, sagte der Kommissar, zum Lernen ist man nie zu alt. Und wenn sie mir dabei helfen, dann wird da schon etwas "cooles", wie man heute so sagt, heraus kommen."

Mit der nächsten Fähre ging es hinüber auf`s Festland.
In einem Laden fanden die beiden den passenden Laptop für den Kommissar. In einem Internet-Café richtete Schulz den Laptop mit den wichtigsten Programmen ein. Gleichzeitig auch ein Handy der neuesten Generation.

So war der Kommissar in der Lage, alle Daten sofort auf den PC von Schulz zu bringen beziehungsweise auf seinen Laptop. So konnten alle Daten gleich von dem anderen gesichtet und bewertet werden. Jetzt konnten beide unabhängig von einander arbeiten und waren trotzdem waren beide auf den gleichen Informationsstand. Dies erleichterte die Ermittlungsarbeit doch sehr.

Erste Informationen

Während Schulz versuchte den letzten Aufenthaltsort des Opfers auf dem Festland ausfindig zu machen, fuhr der Kommissar zurück auf die Insel. Für seine nächste Inseltour wollte er sich einen Bollerwagen leihen. Dies war doch etwas einfacher, als alle Sachen zu tragen. Bei einem Verleiher an der Schule wurde er fündig.

Zufällig lag dort auf einen Tisch die Tageszeitung mit dem Artikel über den unbekannten Toten, den man vor zwanzig Jahren hier am Strand fand.

Der Kommissar und der Verleiher kamen darüber ins Gespräch. Der Verleiher fing dann zu erzählen an, welchen Auflauf es damals hier auf der Insel gab, als man den Toten fand. Über fünfzig Beamte waren hier und auf dem Festland im Einsatz. Das Leben auf der Insel stockte. Jeder wurde befragt, ob er etwas gehört, etwas gesehen oder etwas Ungewöhnliches bemerkt hätte. Aber viel kam bei dieser intensiven Befragung nicht heraus. Unter der Hand wurde aber erzählt, dass der Tote aus Dänemark stammen sollte und er sein Boot hier verkaufen wollte, da es hier auf der Insel einen Interessenten gab. Er musste ein Fischer gewesen sein und wollte sich zur Ruhe setzen, obwohl er noch nicht so alt war. Vielleicht fünfzig Jahre?

Dann fand man ihn eines Tages hier auf der Insel am Sandstrand im Osten der Insel. Erschlagen! So gab es ein weiterer Bericht in der Zeitung wieder. Nach einiger Zeit verlief die Sache im Sande. Bis jetzt dieser Artikel wieder in der Zeitung stand. "Konnte die Polizei damals keinen Verdächtigen ausmachen," fragte der Kommissar nach? Nein, man hatte nur die vier Brüder im Blick, die damals etwas auffällig waren. Aber man kam damals einfach nicht weiter. Ihnen etwas zur Tat nachzuweisen war schlicht und einfach nicht möglich. Auffällig war nur, dass nach rund zwei Jahren die vier Brüder sich ein neues Haus bauten. Woher hatten sie das Geld? Damals hieß es, dass ein reicher Mann sie unterstützen würde. Aber wer dies war, kam nie ans Tageslicht. "Leben die vier Brüder noch?" fragte der Kommissar nach. "Ja, sie leben noch und gehen irgendwelchen Arbeiten nach. Einer fährt noch auf Fischfang, einer soll in einer Fabrik arbeiten, ein weiterer soll in Bremen einen Handel für Autos besitzen.

Der Vierte soll in Emden einen Bootsverleih haben.
Aber man munkelt auch, dass dies nur Tarngeschäfte sein sollen und sie ihr Geld eher mit krummen Touren verdienen sollen. Dabei sollen sie sehr geschickt vorgehen.
Angeblich konnte man ihnen bisher nie etwas nachweisen.

Na ja, sagte der Kommissar, irgendwann macht mal jeder einen Fehler und dann kann es gefährlich werden. Die Polizei wird sich bestimmt noch einmal mit dem Fall befassen. Gestern bei einem Bier am Hafen bekam ich ein Gespräch mit, wo ich hörte, dass ein Kommissar auf der Insel sei, um sich diesen alten Fall noch einmal vorzunehmen. Er will in den nächsten Tagen umfangreiche Befragungen starten.
„Hat denn irgendjemand Interesse daran, dass dieser alte Fall noch einmal aufgerollt wird?" fragte der Kommissar nach. "Keine Ahnung," sagte der Verleiher.

"Ich glaube, man hat bis heute noch nicht einmal den Namen des Toten herausgefunden. Wie will man da ein Verfahren neu aufrollen?" "Wo will man da ansetzen, fragte der Verleiher?" "Ich glaube auch nicht, dass man in diesem Fall noch neue Erkenntnisse gewinnen, " sagte der Kommissar. "Nach zwanzig Jahren?" "Nein, dass glaube ich auch nicht."

„So, dann will ich mich mal mit dem Bollerwagen auf den Heimweg machen, damit ich morgen meine Tour rund um die Insel starten kann.

Hoffentlich spielt das Wetter mit".

"Das Wetter wird schön. Ich spüre die in meinen Knochen und die haben mich noch nie enttäuscht", sagte der Verleiher." "Bis auf dann", sagte der Kommissar und machte sich auf den Weg zu seiner Pension.
Dort angekommen schloss er seinen Laptop ans Netz und schickte die ersten Informationen an seinen Ermittler Schulz. Obwohl er die Informationen jetzt im PC stehen hatte, nahm er seinen kleinen Block hervor und trug diese neuen und ersten Informationen gewissenhaft dort ein. Man kann ja nie wissen, dachte er bei sich.

Kommissar Schöne steigt ein

Dank der Informationen konnte Schulz seine Suche stark eingrenzen und wurde auch bald fündig.

Schulz fuhr nach Dänemark in Richtung Esbjerg. In dem kleinen Fischerdorf Fovrfelt an der dänischen Küste konnte ihm ein dänischer Kollege helfen. „Wir haben hier einen Fall, der seit gut zwanzig Jahren ungeklärt ist". „Ja, hier gab es vor gut zwanzig Jahren das Verschwinden eines Ehepaares, sagte sein dänischer Kollege. Frau und Herr Viborg, im Alter von 42 und 46 Jahren. Kinderlos. Beide verschwanden spurlos.

Komisch an dieser Sache war, dass zirka zwei Jahre später hier ein Herr auftrat und einen angeblichen Kaufvertrag für das Haus der Viborgs vorlegte. Dieser Kaufvertrag war von einem Notar aus Bremen beglaubigt worden.

So fiel das Haus an den hier unbekannten Herrn. Kaum war das Haus überschrieben wurde es auch schon wieder verkauft und die Familie Holtby, hier aus dem Ort, kaufte das Haus. Sie wohnen noch heute darin.
Schulz suchte das Ehepaar auf und lies sich die alten Verkaufsunterlagen zeigen. Er machte einige Aufnahmen davon. „Der Herr, der ihnen dieses Haus verkaufte, sagte uns damals, dass er dieses Haus verkaufen müsste, da er beruflich nach Übersee gehen müsse und er nicht wüsste, wann er wieder zurück komme. Daher der schnelle Verkauf nach dem Erwerb. So kam bei uns kein Argwohn auf. Danach haben wir nie mehr etwas von ihm gehört.

„Was wir allerdings noch hier im Hause fanden, waren Bilder, vermutlich vom Voreigentümer". Schulz ließ sich diese sofort zeigen.
Er kam aus dem Staunen nicht mehr heraus. Jetzt hatte er plötzlich und unerwartet ein Bild vom Opfer.

Auf vielen Bildern war auch immer eine Frau mit abgebildet. Sollte dies seine Frau sein? Dann tauchten auch gleich weitere Fragen auf. Wo ist sie jetzt? Lebt sie noch? Wenn ja, wo? Hat sie etwas mit dem Tod ihres Mannes zu tun? Schulz bat seine dänischen Kollegen, hier noch mal alle Möglichkeiten zu überprüfen. Es kann doch nicht sein, dass ein Mensch so spurlos verschwindet.

Dann klopfte es an der Tür. Ein Polizeibeamter trat ein und sprach mit dem dänischen Amtsträger.
Er wandte sich sogleich an Schulz. Ein Nachbar der Viborgs erzählte, dass Herr Viborg ein älteres Boot hatte, einen Kutter. Den hatte er zu einem sehr schönen Segelschiff umgebaut. Es lag immer hier im Hafen vor Anker. Vor gut zwanzig Jahren war es dann plötzlich nicht mehr da.

Wobei mir der Hafenmeister, der aber leider zwischenzeitlich verstorben ist, damals sagte:

"Er habe die beiden Viborgs noch zusammen gesehen, wie sie ihr Schiff seeklar machten. Sie wollten zu den ostfriesischen Inseln segeln. Was sie dort wollten, weiß ich leider nicht.
Aber vielleicht könnte man über ein Schiffsregister die Spur aufnehmen. Eine kleine Beschreibung von dem Boot gab der Nachbar Schulz noch mit.
Aber Schulz hatte mehr Glück als Verstand. In dem ganzen Haufen von Bildern und Hinterlassenschaften fand er auch ein Bild mit dem Boot. Die Beschreibung passte. Er bedankte sich und besprach sich mit seinem dänischen Kollegen. Der dänische Kollege ließ sofort einen Mitarbeiter aus seinem Team abstellen, um das Schiffsregister auf den Kopf zu stellen. Vielleicht bekam man ja noch mehr heraus.
Bei den Holtbys ließ sich Schulz eine Beschreibung geben, von dem damaligen Verkäufer. Ein Phantombild wurde erstellt.

Jetzt hatte Schulz erste Fakten.

Man wusste, wer der Tote sein könnte. Eine Analyse der DNA musste ja noch erfolgen. Man wusste wie alt er ungefähr war. Es war jetzt bekannt, dass er verheiratet war. Von Nachbarn wurde bestätigt, dass die Frau auf den Bildern seine Frau war. Kinder hatten sie nicht. Man wusste, dass sie ein Boot hatten. Man wusste, dass sie zu den ostfriesischen Inseln wollten. Schulz beschloss noch ein paar Tage in Dänemark zu bleiben, um weitere Befragungen und Fakten sammeln zu können. Es gelang ihm, ein doch recht komplexes Bild von den Viborgs zu erhalten. Aber warum verschwanden sie damals so spurlos? Schulz ließ sich alte Wetteraufzeichnungen geben. Wenn man den Fundort, den Zustand der Leiche, die noch nicht so lange im Wasser gelegen hatte berücksichtigt und den Zeitpunkt des Fundes zugrunde nahm, dann konnte man sich auf einem Zeitpunkt um den 6.4. festlegen.

Das heißt, sie mussten so um den dritten bis vierten April losgefahren sein.

Bis zum fünften April war das Wetter ruhig und es schien die Sonne. Eine leichte Brise sorgte dafür, dass die Fahrt ruhig verlief. Erst in der Nacht zum sechsten April kam ein schwerer Sturm auf und riss damals große Teile des Strandes weg. Insbesondere dort, wo man später die Leiche von Herrn Viborg fand.

Nach zwei Tagen hatte das Team der dänischen Polizei herausgefunden, dass das Boot in Emden verkauft worden war. Keinen Tag später, nachdem man die Leiche von Viborg gefunden hatte. Wieder trat hier ein Herr auf, auf den die Beschreibung der Holtbys passen könnte. War dies ein Strohmann, der für einen Fremden die Geschäfte abwickelte? In den alten Unterlagen fand man jedoch keinen, auf den die Beschreibung passen könnte. Alle Befragten waren damals erkennungsdienstlich erfasst worden.

Die dänischen Kollegen waren nicht untätig gewesen und hatten im Katasteramt weitere Informationen über die Hausbesitzer ausfindig machen können.

Als neuer Eigentümer wurde damals ein gewisser Herr Peter Möhle, wohnhaft in Bremen, eingetragen. Der Name wurde aber nach dem schnellen Verkauf wieder gelöscht. Also sollte man in Deutschland mal nach diesem Namen suchen. Vielleicht wird man ja dort fündig.

Zwischenzeitlich hatte man den Weg des Bootes in Teilen verfolgen können. Auffällig war, dass das Boot bereits am 7.4. des Jahres in Emden an einen Herrn Domaschewski verkauft worden war. Er behielt das Boot ungefähr fünf Jahre lang und verkaufte es weiter in die Niederlanden.

Hier verliert sich zunächst die Spur. Schulz schickte sofort einen Kollegen nach Emden, um dort den Herrn Domaschweski ausfindig zu machen und nähere Einzelheiten zum Erwerb des Schiffes zu erhalten. Nach zwei Tagen hatte Schulz eine erste Antwort. Herr Domaschweski lebte leider nicht mehr. Er war vor zwei Jahren verstorben. Aber seine Witwe konnte man ausfindig machen. Sie war damals beim Kauf dabei und sie konnte sich noch genau an den Verkäufer erinnern. Ihre Beschreibung passte auf Peter Möhle. An den Namen konnte sie sich nur noch schwach erinnern. Für dieses Boot hatten sie damals knappe 45.000 Deutsche Mark gezahlt. Es war ein sehr gepflegtes Boot, mit sehr guten Segeleigenschaften. Nach zirka fünf Jahren haben wir es weiterverkauft nach Holland, um uns ein Motorschiff zu holen. Den Kaufvertrag habe sie noch in den alten Unterlagen. Sie würde ihn gerne heraussuchen.

Nach einiger Zeit hatte sie die Kaufunterlagen von der „Sea of Sky", so hieß das Schiff, gefunden und auch die Verkaufsunterlagen des Schiffes, als es nach Holland ging. Vielleicht konnte man damit ja etwas anfangen. Als Schulz diese Nachrichten erhielt strahlte er über beide Backen.

Bis jetzt war er schon viel weiter, als seine Kollegen von damals.

Schulz machte sich wieder auf den Weg nach Baltrum, jedoch mit der Versicherung durch den dänischen Kollegen, dass man sich auf dem Laufenden halten und weiteren Ermittlungen nachgehen würde.

Noch im Zug versuchte Schulz über das Internet etwas über den gewissen Herrn Möhle zu erfahren, der bei den Ermittlungen in Dänemark auffiel. Besonders der schnelle Verkauf des Schiffes, nur einen Tag nach dem Tod beziehungsweise nach dem Auffinden von Herrn Viborg, machte Schulz sehr neugierig.

Schulz suchte in verschiedenen Foren. Aber hier zwanzig Jahre alte Spuren zu entdecken war nicht einfach. Möhle musste damals schon, nach den Beschreibungen, etwa um die sechzig Jahre gewesen sein. Lebte er überhaupt noch? Und wenn - wo? Schon in einem Altenheim? Aber auch das werde ich schon herausfinden, dachte sich Schulz.

Erst spät am Abend kam Schulz endlich in Neßmersiel an. Jedoch war seine Fähre schon weg. Also nahm er sich ein Hotelzimmer und ging zum Abendessen aber nicht, noch vorher den Kommissar anzurufen und ihm eine kurze Information seiner Mission in Dänemark mitzuteilen. Man machte aus, dass der Kommissar auf`s Festland komme und dass man dann in aller Ruhe die Details betrachten könnte. Die zweite Fähre fährt morgen hier gegen 10.30 Uhr ab und ist gegen 11.00 Uhr im Hafen.

Am Vormittag trafen sich dann der Kommissar und Schulz. Schulz war verwundert, als er den Kommissar mit der Laptop-Tasche sah. Sollte er noch auf seine alten Tage Spaß am PC gefunden haben? Schulz kannte seinen alten Chef, aber immer wieder wurde er überrascht, mit welchen fortschrittlichen Methoden sich der Chef auseinander setzte. Beide begrüßten sich sehr herzlich. Im Hotel ließen sie sich einen Raum geben, um ungestört die Ergebnisse zu erfassen und neue Aktionen zu planen.

Bei einer guten Tasse Kaffee erzählte Schulz wie es ihm in Dänemark ergangen war. Aber auch das die Unterstützung der dortigen Behörden und Polizisten super waren. Man wollte in Kontakt bleiben.

Schulz legte alle bis dahin bekannten Fakten auf den Tisch.
Das Opfer, ein Herr Peter Viborg, war damals 46 Jahre alt, verheiratet und kinderlos.

Er wohnte in einem kleinen Fischerdorf an der Dänischen Küste.
Seine Frau, damals 42 Jahre alt, ist bis heute verschwunden.
Beide sind aber damals gemeinsam, nach den Aussagen der Nachbarn, nach den Ostfriesischen Inseln aufgebrochen. Aber nur die Leiche des Mannes konnte bisher gefunden werden. Sie blieb bis heute spurlos verschwunden.
Aber zumindest haben wir Bilder von den beiden. So das sie ein Gesicht haben. Auch von dem Boot haben wir Bilder gefunden und bekommen.

Ihr Haus wurde zwei Jahre nach ihrem Verschwinden von einem Makler übernommen. Er hatte einen entsprechenden Vertrag vorgelegt. Das Haus wurde kurze Zeit später von den Holtbys gekauft. Sie wohnen heute noch in diesem Haus.
Das Boot wurde bereits einen Tag später in Emden von einem Herrn Möhle verkauft. Für knappe 45.000 Deutsche Mark.

Er war auch nach der Beschreibung von den Holtbys der Verkäufer des Hauses. Das Haus ging damals für umgerechnet 120.000 Deutsche Mark in die Hände der Holtbys über. Die jetzt natürlich Angst haben, ihr Haus wieder zu verlieren.
Nach fünf Jahren wurde das Boot weiterverkauft nach Holland. Ob wir diesen Weg noch weiter verfolgen sollen ist wahrscheinlich unerheblich.

Nachdem der Kommissar eine Zeitlang sich diese Fakten anschaute, kam er zu dem Schluss, dass die Lösung des Falles auf Baltrum liegt.
„Gut, den gewissen Herrn Möhle sollten wir versuchen, ausfindig zu machen. Vielleicht hatte er eine Makler-Agentur und vielleicht gibt es diese noch und damit auch noch ein paar Unterlagen. Also hier alle Möglichkeiten überprüfen".
„Okay, sagte Schulz. Werde ich morgen früh direkt als erstes vornehmen".
„Dann solltest du die vier Verdächtigen von damals einzeln ins Verhör nehmen und sie verunsichern".

Ich werde versuchen, auf ihren Spuren zu bleiben und so vielleicht etwas aufschnappen, was uns weiterhilft.

Ich habe mittlerweile in der Inselchronik geforscht und hier erstaunliches entdeckt. Es gibt zwei Familien auf der Insel, die in den Jahren nach dem Auffinden der Leiche erheblich investiert haben. Hier sollten wir uns mal bei der hiesigen Sparkasse oder Bank schlau machen.

Vielleicht ergeben sich hier weitere Hinweise und Angriffspunkte.

Mitarbeiter aus der Kölner Soko

„Ach übrigens, ich habe noch einen Kollegen aus deiner Abteilung angefordert, den Müller, der dich hier bei der Kleinarbeit unterstützen kann, besonders bei den speziellen Nachforschungen".
„Okay, sagte Schulz, das ist sehr gut. Der Müller ist in solchen Aufgaben ein Ass. Wann kommt er denn"? „Er sollte morgen Vormittag hier auf der Insel eintreffen".

„Aber mir stellt sich eine ganz andere Frage. Wo ist seine Frau geblieben? Sie war doch mit ihm gemeinsam auf Reisen gegangen. Und bisher hatte man von ihr nichts gefunden"?
Nein, bisher ist sie spurlos verschwunden.

„Ich habe da so eine Ahnung, was damals passiert ist. Aber dies ist nur eine Ahnung, eine Vision".

Ich kann völlig daneben liegen, aber ich kann auch richtig liegen. Wer weiß das schon? Gibt es noch Bilder vom damaligen Fundort? Ich brauche ein Foto, das von der Ferne aufgenommen wurde. So ein Foto habe ich. Soll ich ihnen dies auf ihr Handy schicken? Dann haben sie es immer dabei, wenn sie auf ihren Touren unterwegs sind.

„Schulz, Sie werden lachen, ich habe alle Informationen, die ich sonst in meinem kleinen Notizblock hinterlegt hatte, jetzt auf mein Handy gebracht. So kann ich mir Bilder abspeichern und Informationen notieren, die ich sonst mit mir herum geschleppt habe. Eine tolle Sache. So kann ich mir alle Fakten sofort und jederzeit aufrufen."
Schulz staunte nicht schlecht über seinen alten Chef, der sich noch in seinem Alter mit der modernen Technik auseinander setzte und sie auch nutzte!

Die nächsten Tage gingen beide ihren Weg. Schulz und Müller forschten nach Herrn Möhle und besuchten die Banken.

Der Kommissar nutzte die schönen Tage, um mit seinem Bollerwagen am Strand unterwegs zu sein. Hier konnte er sich ungestört umschauen. Dabei suchte er den wirklichen Fundort der Leiche, anhand des damaligen Fotos. Dabei half ihm jetzt sein neues Handy doch sehr. Von zahlreichen Standorten machte er Fotos. Am Abend wurden diese im PC ausgewertet. So kam er langsam aber sicher dem damaligen Fundorts der Leiche immer näher. Die GPS Daten waren ebenfalls recht wertvoll. Jetzt musste er nur die Veränderungen der letzten zwanzig Jahren in die Fakten einarbeiten.

Dabei sollte ihm ein geologisches Institut, hier von der Küste helfen. Vielleicht gab es Daten, die er verwenden konnte.

Also machte er dort einen Termin und fuhr am anderen Morgen aufs Festland.

Schulz und Müller waren immer noch in der Sache Möhle unterwegs. Aber bisher konnten sie noch keine Spur von ihm finden. Sie suchten intensiv weiter.

Was hatte man bisher an Fakten zusammengetragen?

Mord im Jahre 1993, so um den 6.4.

Gefunden wurde eine männliche Leiche, ca. 46 Jahre alt, 180 cm groß, mit einer schweren Schädelverletzung
Wohnhaft in Dänemark
Name: Viborg
Gefunden auf Baltrum, Strandbereich Richtung Ostteil der Insel
Auffällig: Der Tote trug eine für ihn zu große Kleidung
Das Wetter war um den 3-4. April ruhig, erst zum 6.4. schlug es um und es gab Sturm.

Wollte sein Segel-Boot, ein ehemaliger umgebauten Kutter, hier auf der Insel verkaufen.

Frage: An wen?

Weitere Nachforschungen ergaben:

Verschiedene Bilder zeigten ihn aber immer mit seiner Frau.
Wo war sie? Sie sollte 42 Jahre alt gewesen sein.
Laut verschiedenen Aussagen gingen sie gemeinsam auf Fahrt.
Das Boot wurde bereits am 7.4. in Emden verkauft!
Durch wen?
Herrn Möhle?
Wer war dieser Herr Möhle?
In wessen Auftrag arbeitete er?
Den Weg des Bootes konnte man weiter verfolgen.
Auch bei dem ominösen Verkauf des Hauses der Viborgs, zwei Jahre nach dem spurlosen Verschwinden der Eheleute, tauchte dieser Herr Möhle auf.

Welche Rolle spielte er?

Er war damals ca. 60 Jahre alt.
Lebte er überhaupt noch?

Damals waren die vier Brüder verdächtig. Der erste war Fischer, der zweite arbeitete in einer Fabrik auf dem Festland, der dritte verdiente sein Geld mit dem Autohandel und der vierte war Bootsverleiher in Emden.
Was man damals bei den Recherchen heraus bekam, war, dass die Vier in zahlreiche krumme Geschäfte verwickelt waren. Jedoch konnte man ihnen nie etwas nachweisen.
Auffällig war nur, dass sie sich zwei Jahre nach dem Mord ein großes Haus bauten, mit zahlreichen Ferienwohnungen. Angeblich wurden sie durch einen reichen Mäzen unterstützt. Einen Nachweis erbrachten sie damals nicht. Man ging damals wieder zur Tagesordnung über.

Hier stellt sich die Frage: "Wieso konnten sie bauen?" Woher stammte das Geld? Damals war ihre wirtschaftliche Lage doch sehr angespannt. Wer war der geheimnisvolle Gönner? Alles offene Fragen!

Weitere Fragen ergaben sich hinsichtlich Frau Viborg.
Wo ist sie?
Lebt sie noch?
Was geschah damals um den 6.4.1993 herum?
Haben wir es hier gar mit einem Doppelmord zu tun?
Über diesen Gedanken kam Kommissar Schöne ins Grübeln.
Sollte irgendwo in den Dünen noch die Leiche der Frau liegen? Die Leiche des Mannes wurde ja an der Abbruchkante der Düne gefunden, die die Sturmflut damals gebildet hatte.
Sollte also dort vielleicht noch die Leiche der Frau liegen?

Immer wieder schaute sich der Kommissar die alten Fotos an, die man damals aufgenommen hatte. Zum Glück hielt damals ein Polizist die Fundstelle in den Koordinaten fest. Damit könnte man heute die Fundstelle leicht wieder finden. Dabei ist allerdings zu berücksichtigen, dass die Insel ihre Lage ständig verändert.

Wenn man bedenkt, dass die Insel um das Jahr 1650 mit dem West-Ende noch 4,5 Kilometer westlicher lag, während das Ostende der Insel sich in dieser Zeit nur um 1,4 Kilometer veränderte. Dies würde beziehungsweise bedeuten, dass sich die damalige Fundstelle ebenfalls verlagert haben könnte, beziehungsweise durch Dünen bedeckt sein könnte. Aber wie sollte man diese Stelle wiederfinden?

Auf einer weiteren Tour, mit Bollerwagen und Feldstecher, versuchte Kommissar Schöne der Fundstelle näher zu kommen.

Immer wieder verglich er die alten Aufnahmen mit seinen neuen Aufnahmen. Gibt es vielleicht Anhaltspunkte, die sich nicht verändert haben oder muss er sich ganz neu orientieren?
Dank heutiger GPS-Messgeräte kann man einen Punkt sehr genau bestimmen. Stundenlang wanderte der Kommissar durch die Dünenlandschaft. Dann hatte er die alte Fundstelle der Leiche von Herrn Viborg gefunden. Heute sah dies natürlich alles ganz anders aus. Mittlerweile stand er hier auf einer rund 10 Meter hohen Düne und nicht wie damals die ersten Ermittler auf einem flachen Strandabschnitt.

Dennoch war er unsicher, ob seine Daten stimmten. Welche Veränderungen gab es in den letzten zwanzig Jahren? Er beschloss noch einmal bei einem Geologen nachzufragen.

Schulz versuchte in der Zwischenzeit dem ominösen Herrn Möhle auf die Spur zu kommen, was jedoch kein leichtes Unterfangen war. Bundesweit wurden die Melderegister überprüft, selbst die Altersheime und die Sterberegister wurden nach einem Herrn Möhle durchsucht. Man fand zwar hier den einen oder anderen Herrn Möhle, aber irgendwie passten die bekannten Daten nicht zu diesem Personenkreis. Lief man hier einer falschen Spur hinterher? Schulz gab aber nicht auf und versuchte es über das Internet.

Gab es hier Hinweise?

Man wollte jedem noch so kleinen Hinweis nachgehen, um alle Möglichkeiten auszunutzen, um den Täter oder die Täter nach 20 Jahren dingfest zu machen.

Die vier Brüder unter Beobachtung

Der Kommissar versuchte die vier Brüder zu beobachten. Jeden einzelnen nahm er unter die Lupe. So konnte er sich von jedem ein ungefähres Bild machen. Er bemerkte zwischen den Vieren manche Unsicherheit.

Wussten sie etwas über den Verbleib des Bootes?
Wussten sie vielleicht etwas von den Umständen des Todes von Viborg?
Hatten sie überhaupt etwas damit zu tun?

Offene Fragen, die es noch zu klären gab. Sie saßen oft zusammen und tuschelten über etwas.

Eines Morgens saß der Kommissar im Bistro am Hafen und trank seinen morgendlichen Kaffee, als einer der Brüder, es war der Ältere, am Bistro vorbei ging und zur Fähre marschierte,

die bald zur Fahrt aufs Festland ablegen sollte.
Er trank seinen Kaffee schnell aus, zahlte und folgte ihm auf das Schiff. Auf dem Schiff telefonierte er mit seinen Kollegen auf dem Festland und orderte ein Zivilfahrzeug zum Hafen hin, um dem Verdächtigen folgen zu können.

Im Hafen von Neßmersiel nahm der Verdächtige sich ein Taxi und fuhr nach Emden. Der Kommissar folgte ihm. In Emden angekommen ließ sich der Verdächtige zu einer Villa im Hafen von Emden fahren. Dort angekommen schaute er sich mehrfach um, ja fast ängstlich agierte er. Er war nervös und unsicher. Er klingelte. Nach einiger Zeit ging die Türe auf und er trat ein. Bevor er in den Flur trat, warf er nochmals einen Blick nach draußen zurück, als wollte er sicher gehen, dass ihm keiner gefolgt war.

Was wollte er hier?

Der Kommissar stieg aus dem Auto und ging langsam in Richtung Villa.

Zu sehen gab es nicht viel. Hier residierte ein Herr Mölders. Aber wer war dieser Herr? Er notierte sich den Namen, Straße und Hausnummer und ging wieder zurück zum Wagen. Hier wartete er, bis der Verdächtige wieder erschien.

Über eine Stunde musste er sich gedulden, dann kam er wieder heraus. Wieder schaute er sich in alle Richtungen um. Dann fuhr auch schon ein Taxi vor und er stieg ein. Es ging wieder zurück nach Neßmersiel. Hier nahm er die Fähre nach Baltrum. Der Kommissar folgte ihm. Im Hafen angekommen, standen die drei anderen Brüder schon an der Pier, um ihren Bruder in Empfang nehmen zu können. Kaum war er von Bord gegangen, wurde er von den anderen aufgeregt bedrängt, doch irgendwas zu erzählen, wie es war. Er wiegelte zunächst ab und deutete den anderen, dass er zum Strand wollte, da dieser zu dieser Zeit doch recht leer sein müsste. Der Kommissar folgte gespannt dem Schauspiel.

*Am Strand angekommen diskutierten die Brüder recht lebhaft. Dann folgte er ihnen in sicherer Entfernung. Er konnte nur einige Sprachfetzen aufschnappen, denn leider kam er nicht näher heran, ohne aufzufallen.
Was ging da vor? Der Kommissar machte sich so seine Gedanken.*

Er ging nach einiger Zeit vom Strand, um im Stranddcafè zu Abend zu essen. Beim Blick über das Meer und einem Bier ging er noch einmal alle bekannten Fakten durch und kam zu dem Schluss, dass jetzt eine Aktion stattfinden müsste, um einige Leute aufzuschrecken. Er rief Schulz an und fragte nach seinen Ergebnissen. Bei dem Namen Möhle war man noch nicht weitergekommen. Er wollte jetzt die vier Brüder stärker in das Verhör nehmen. Der Kommissar gab Schulz einen kurzen Bericht über das, was er in Emden erlebt hatte und bat ihn, die Adresse und den Namen zu überprüfen.

Man wollte sich am nächsten Abend an der Kaimauer in Höhe des Friedhofes treffen, um ungestört das weitere Vorgehen zu planen.

Zuvor machte aber der Kommissar noch einen Abstecher zu einem Geologen.

Der Geologe

"Guten Morgen Herr Schüttelboom, guten Morgen Herr Kommissar, na wie sieht es mit ihren Nachforschungen und Berechnungen aus? Also wenn die alten Koordinaten stimmen sollten, dann müssten wir nach meinen Berechnungen heute folgende Lage haben. Schauen sie mal hier auf diese Karte. Damals wurde die Leiche hier in diesem Strandabschnitt gefunden. Dort wo das Kreuz eingezeichnet ist. Angenommen, sollte die Frau ebenfalls getötet wurden sein und in der Nähe des Fundortes der männlichen Leiche verscharrt worden sein und die männliche Leiche nicht sehr stark von der damaligen Stelle, wo sie verscharrt worden beziehungsweise gefunden worden ist, durch die damalige Sturmflut bewegt worden ist, dann müssten nach den heutigen Erkenntnissen, die Überreste der Frau ungefähr hier liegen.

Das hieße nach dem damaligen Fundortes der männlichen Leiche, die ja etwas hinter der 3. Feldmarkierung lag, müsste sie jetzt ungefähr mittig zwischen der 2. und 3. Feldmarkierung liegen, also hier an diesem roten Punkt auf der Karte. Rund 100 m vom alten Fundort entfernt. Berücksichtigt man noch die Ab- und Zulandungen von Sand aus dem Meer in den letzten zwanzig Jahren, dann würde die heutige dortige Düne, vor dem Grab oder besser gesagt, der Verscharrstelle liegen.
"Kann ich eine Kopie dieser Karte haben"? "Liegt schon für sie bei den Unterlagen". "Super"!

„Bei meinen zahlreichen Spaziergängen durch die Dünen ist mir eine Markierung, bestehend aus einem Pfahl im Durchmesser von rund zehn Zentimeter, mit drei weißen und zwei roten Streifen aufgefallen. Die Streifen sahen wie neu aus. Ist dies ein Pfahl der zu wissenschaftlichen Zwecken dienen soll?"

„Nein, davon ist mir nichts bekannt."

„Ich habe ihn auch schon bemerkt, aber ihn dann nicht weiter beachtet. Unsere Messpunkte liegen geschützt im Inneren der Insel. Ein Zeichen in einer Düne oder im Strandbereich würde nichts bringen, da die Gefahr zu groß wäre, sie bei einer Sturmflut zu verlieren oder vom Sand der Düne bedeckt zu werden. So das ein Wiederfinden sehr erschwert werden würde. „Aber irgendjemand muss ja dieses Zeichen für etwas nutzen, sonst würden die Streifen nicht wie neu aussehen, als wenn sie vor kurzen gestrichen worden wären."
„Vielleicht war dies ja mal eine alte Gemarkung eines Anwesens? Wer weiß das schon?" *"Ich glaube, Herr Schüttelboom, dass sie mir mit ihren Ermittlungen schon sehr geholfen haben". "Ein herzliches Dankeschön dafür". "Nicht der Rede wert, ich hab es gern für sie getan". "Finden sie den oder die Mörder, die diese Gewalttat begangen haben"!*

"Viel Erfolg"! "Danke".

In der Zwischenzeit, als der Kommissar noch beim Geologen war, forschte Schulz nach dem besagten Herrn Mölders. Die Nachforschungen ergaben, dass Herr Mölders in Emden seit gut 25 Jahren eine Anwaltskanzlei führte, die recht erfolgreich war. Die Villa war ebenfalls unter seinem Namen in Emden registriert. Herr Mölders war 65 Jahre alt, er war verheiratet in 3. Ehe mit einer Margot Hohenstein und hatte insgesamt vier Kinder. Die 3. Ehe blieb kinderlos. Die vier Kinder waren jedoch alle schon aus dem Haus und studierten an verschiedenen Unis in Deutschland. Ein Boot gehörte ihm noch, die "Rose on Sea", ein Segelschiff, mit älterem Baujahr. Mehr fand man bisher noch nicht heraus.
Dennoch stellte sich die Frage: "Welche Verbindung bestand zwischen dem Anwalt und den vier Brüder? Schulz ließ weitere Nachforschungen anstellen.

Die Verhöre

Am anderen Morgen nahm er sich die Brüder nacheinander vor. Er lud sie in seine "Polizeidienststelle" ein und fragte sie unabhängig von einander, recht belanglos nach den Vorgängen von damals. Er fragte nach den Alibis von damals, wo sie damals waren, ob sie etwas gesehen hätten, was ihnen später aufgefallen ist, ob sie den Toten kannten? Aber alle Fragen wurden wie damals beantwortet. Sie kannten den Toten nicht, sie waren auch an diesem Tag nicht auf der Insel gewesen usw. Es ergaben sich keine neuen Anhaltspunkte. Nur, dass man eine gewisse Unruhe bei allen Vieren bemerkte. Verständlich?

Am Abend, ein herrlicher Sonnentag ging zu Ende, saßen der Kommissar und Schulz auf einer Bank, nahe der Kaimauer und dem Friedhof und genossen das von dem Kommissar mitgebrachte Feierabendbier.

Dabei schauten sie über das ruhig da liegende Wattenmeer.

Es war gerade Ebbe. Zwei Schiffe lagen im Wattenmeer fest und mussten auf die Flut warten, die erst wieder spät in der Nacht eintreffen sollte. Es war entspannend diese Ruhe zu genießen, wenn da nicht der alte, unaufgeklärte Fall gewesen wäre. Beide tauschten die gewonnen Erkenntnisse von dem heutigen Tag aus, als der alte Kommissar, wie es seine Art war, plötzlich versuchte, den damaligen Tathergang zu rekonstruieren.

Total in seinen Gedanken versunken legte er los.

Herr Viborg, in Dänemark wohnhaft, genauer gesagt in Esbjerk bzw. in dem kleinen Vorort Fovrfelt, gab eine Anzeige auf, um sein Boot zu verkaufen. Die alte Anzeige aus einer Zeitschrift lag noch in den alten Unterlagen, auf einem Blatt geklebt, mit mehreren anderen Belegen unten rechts in der Ecke. Vermutlich hat sich einer der vier Brüder, vielleicht derjenige, der den Bootsverleih in Emden hatte, auf diese Anzeige gemeldet.
In einem ersten, unverbindlichen Gespräch hatte er vielleicht Dinge erfahren, was die Viborgs vorhatten. Sie wollten ja auf einer der ostfriesischen Inseln einen Neustart wagen. Dazu wollten sie ihr Boot und Haus verkaufen. Also wurde ein Termin vereinbart, um das Boot vorzuführen. Daher vermutlich die Abreise der Viborgs vor dem 6.4.1993. Laut Aussage waren beide an Bord.

„Was ist dann in den nächsten Tagen passiert?" Welche Rolle spielte der Möhle dabei?
Über den Möhle habt ihr keine neuen Erkenntnisse gewonnen?" "Nein, sagte Schulz, was wir auch anstellten, alles verlief im Sande." "Okay, spinnen wir den Faden einfach mal weiter. Es kommt zu einem Treffen auf dem Boot im Hafen von Baltrum. Vielleicht war hier schon der Möhle dabei? Als so genannter Notar, damit man den Verkauf schnell über die Bühne bringen konnte. Damals waren 45.000 D-Mark schon eine sehr hohe Summe für dieses Boot. Für die Summe musste man schon sehr lange arbeiten. Bei dieser Gelegenheit erfahren die Käufer auch von dem bevorstehenden Hausverkauf in Dänemark. Hier stellt sich mir die Frage: "Wieso tauchte zwei Jahre später Möhle in Dänemark mit einem Kaufvertrag auf, der ihn als Eigentümer auswies? Wo hatte er ihn her? Sie haben ihn doch sicher in ihrem Laptop gespeichert? "Ja", sagte Schulz und holte ihn auf den Bildschirm.

Auf der letzten Seite angekommen, sagte der Kommissar plötzlich: "Das habe ich mir doch schon gedacht. Die letzte Seite besteht nur aus dem Datum und den Unterschriften und ist dadurch ohne Probleme austauschbar. Das kann keiner merken, sofern das Papier stimmt, kann man damit jeden Vertrag vorlegen und jeder sieht ihn für echt an." "Clever gemacht"!
„*Das könnte auch hier passiert sein. Spielen wir das Spiel weiter. Möhle gibt sich als Notar aus, was er ja auch gewesen ist und unter einem Vorwand gibt er an, das Haus in Dänemark zu einem sehr guten Preis verkaufen zu können. Gleichzeitig könnte er ihm ein schönes und gleichzeitig günstiges Haus auf einer der Inseln besorgen. Wenn also ein Vertrag noch an Bord geschlossen wurde und eine sofortige Übergabe stattgefunden hatte, dann musste einer von denen das Geld mitgehabt haben. Aber wer sollte so viel Geld besitzen? Die vier Brüder oder Möhle?*

„Das musste doch im Rahmen der schnellen Übergabe gezahlt werden."
Aber was ist dann in dieser Stunde passiert? Herr Viborg wurde erschlagen aufgefunden. Mit einer schweren Kopfverletzung tot am Strand von Baltrum.
Laut den Ermittlungen von damals war er nicht ertrunken!
Was ist aber mit Frau Viborg? Was ist mir ihr geschehen? Sie war doch ebenfalls an Bord? Oder? Wenn man die Leiche von Frau Viborg finden könnte, wäre auch die Möglichkeit groß, auch ihre Todesursache feststellen zu können, trotz der zwanzig Jahre, seit ihrem Verschwinden. Aber wir müssen uns auch die Frage stellen: "Hat Frau Viborg mit dieser Sache etwas zu tun? Im Grunde glaube ich nicht daran, aber man weiß es ja nie. Gesetzt den Fall, es handelt sich hier um einen Betrugsversuchh, dann hatte Möhle oder die vier Brüder Falschgeld mit aufs Boot genommen, um so Viborg um sein Boot und sein Geld zu bringen.

So ist anzunehmen, dass der Vertrag noch an Bord geschlossen wurde und die Geldübergabe erfolgen sollte.
Wenn also Frau Viborg mit an Bord war, dann musste sie unter einem Vorwand auf Deck gebracht werden, damit unter Deck der Deal abgeschlossen werden konnte. Dabei wurde sie von zwei der Brüder begleitet. Sollte sie nur betäubt werden oder doch getötet werden, um eine Zeugin zu entsorgen? Hier stellt sich die Frage: Was passierte oben auf dem Deck? Was passierte im gleichen Moment unter Deck? Merkte Herr Viborg, dass er betrogen werden sollte und das Geld nicht echt war? Wollte er den Kauf rückgängig machen? War dies sein Todesurteil? Kam es zu einem Kampf? Wer schlug Herrn Viborg den Schädel ein? Wie ging es dann weiter?
Gehen wir mal davon aus, dass Frau und Herr Viborg umgebracht wurden, dann mussten die Leichen entsorgt werden und Spuren beseitigt werden.

Vermutlich wurden die vier Brüder damit beauftragt, während Herr Möhle unauffällig das Schiff verließ. Vielleicht nahm er noch die letzte Fähre. Sie fuhr gegen 21.30 Uhr. Setzte über und fuhr mit dem Auto nach Emden zurück. Denn schon am nächsten Tag wurde das Schiff ja in Emden verkauft.
Unterdessen überlegten die Brüder wie sie die beiden Leichen entsorgen konnten. Einer von ihnen muss dann auf die Idee gekommen sein, die Leichen auf der Ostseite der Insel zu vergraben. Man wusste ja, dass die Insel mit der Zeit weiter gen Osten wanderte. Also auch die Dünen. Damit würden sie für alle Zeitem verschwinden. Man machte die Leinen los und segelte in der Nacht lautlos aus dem Hafen heraus. Keiner bemerkte etwas. Es war still in der Nacht auf Baltrum. Nur in der Entfernung hörte man das Miauen von einigen Katzen. Einer der Brüder war ja Seemann und kannte sich in den Gewässern des Wattenmeeres aus.

Also segelten sie südlich von Baltrum in Richtung Langeoog. Vor Langeoog ging es in die schmale Fahrrinne zwischen den beiden Inseln, um auf der Ostseite von Baltrum wieder an Land zu gehen. Während der Fahrt wurden alle Spuren entfernt. Dann legte das Boot an. Die beiden Leichen wurden an Land gebracht. Vermutlich wurde die Leiche von Frau Viborg zuerst über den Strand in die Dünen getragen und dort verscharrt. War es nicht am 6.4. sehr stürmisch geworden? Vielleicht wurde es doch sehr mühselig Herrn Viborg in die Dünen zu tragen und er wurde schon früher verscharrt. Was die vier nicht ahnen konnten, war dass in dieser Nacht der Sturm immer stärker werden sollte und große Teile des Strandes mit sich riss. So wurde die Leiche von Herrn Viborg freigespült und Tage später entdeckt.

Aber warum trug Herr Viborg nicht passende Kleidungsstücke? „Vielleicht hat man die blutgetränkten Kleidungsstücke von Herrn Viborg entsorgt," warf Schulz ein.

"Das könnte sein, sagte der Kommissar und fuhr in seinem Gedankenspiel weiter. „Also dann kam ein Sturm auf. Vermutlich aus Norden oder aus westlicher Richtung. Der nächste Hafen wäre der von Langeoog gewesen. "Schulz, versuchen mal heraus zu finden, wie lange damals der Sturm dauerte und wie die Tide war." Ich glaube kaum, dass sie versucht haben, noch im Sturm Kurs auf Emden zu nehmen. Eines wissen wir jedoch, dass sie am 7.4. in Emden waren, um das Schiff zu übergeben. Der Käufer ist ja bekannt. Der Kaufpreis wurde an Möhle gezahlt. Dann passierte nichts mehr. Über zwei Jahre blieb es ruhig um Möhle und Co. Die Untersuchungen der damaligen Behörden wurden erfolglos abgeschlossen und die Akte 2609 verschwand in den Asservaten der Polizeibehörde.

Zwei Jahre später bauten die vier Brüder ihr Haus auf Baltrum. In Dänemark tauchte ein Herr Möhle auf, als Besitzer des Hauses der Viborgs.

In der kleinen Stadt Esbjerk, wo die Viborgs lebten, war ja bekannt, dass die Viborgs ihr Haus verkaufen wollten, daher kam kein Argwohn auf, zumal die Papiere ja in Ordnung schienen. So kam Möhle in den Besitz der Immobilie, die er gleich wieder verkaufte. So kam er in kurzer Zeit zu einer stattlichen Summe. Danach tauchte er nie wieder auf. Die Brüder bauten ihr großes Haus fertig, aber hatten keine Schulden bei den Banken. Woher kam das Geld? Von Möhle? Aus dem Betrug an den Viborgs? Wie ging es weiter? War Möhle vielleicht der spätere Mölders? Arbeitete er unter falschem Namen? Eines ist aber noch unklar. Möhle wurde damals vernommen, von Zeugen gesehen und alle behaupteten, dass Möhle schon ein alter Mann von ca. 65 - 70 Jahren war. Mölders ist heute um die 65 Jahre, wäre damals eher um die 45 gewesen. Wie passt das zusammen? Oder hatte er sein Aussehen verändert und es auf alt getrimmt? Fragen über Fragen!

Ein Bild gibt einen Tipp

Wie kann man die vier Brüder aus der Reserve locken? Dann grübelte er vor sich hin. Schulz kannte dies, verhielt sich ganz leise und trank aus seiner Bierflasche den Rest aus. Es dauerte eine ganze Weile bis der Kommissar einen Laut von sich gab. Schulz spürte, dass er wieder mal etwas ausheckte und war gespannt, auf was er gekommen war.

Er schaute sich derweil das Treiben am Hafen an und beobachtete die Leute, die da gingen und kamen. Dabei kamen ihm noch einmal alle Fakten und Erkenntnisse in den Sinn. Hatte er vielleicht die Lösung schon in der Hand? Auch er stellte sich immer wieder die Frage, wo die Leiche der Frau Viborg geblieben war. Sie könnte der Schlüssel sein, der zur Aufklärung dieses Falles beitragen könnte. Aber wo sollte man suchen? Plötzlich wurde er in seinen Gedankengängen unterbrochen, als er sah, wie der Kommissar mit seinem Handy spielte.

Er schaute sich zahlreiche Bilder an. Bei einem blieb er stehen. Schulz sagte er recht leise, schauen sie sich mal dieses Bild ganz genau an. Schulz betrachtete das Bild recht lange. Er sah auf dem Bild nur einen Pfahl.
Der Kommissar bat ihn, das zu beschreiben, was er auf dem Bild sah. Schulz sagte dann: "Ich sehe einen Pfahl, der stark verwittert ist, oben mit drei roten und zwei weißen Streifen, im Wechsel rot/weiß. Der Pfahl steht inmitten einer Düne, die Höhe ist schwer zu schätzen. Der Kommissar fragte: "Was ist das Besondere an den Streifen?" "Man kann sie deutlich sehen. Auch keine Spuren einer Verwitterung, wie auf dem Pfahl selber", antwortete Schulz. „Moment, das würde ja bedeuten, dass sie vor noch nicht allzulanger Zeit neu gestrichen wurde". "Das ist richtig Schulz", sagte der Kommissar. „Sollte dies eine Markierung darstellen?"

„Liegt hier vielleicht die Leiche der Frau begraben?"

Wollte man vielleicht sicher gehen, dass sie nicht unverhofft auftaucht, wenn die Dünen ihre Position veränderten? Das wäre vielleicht eine Möglichkeit.

Die Suche nach der Leiche von Frau Viborg

„Schulz, wir machen folgendes:

„Sie lassen einen Bagger, einen Trecker mit Anhänger und drei Baucontainer vom Festland auf die Insel kommen. Dann fordern sie zwei Tage später eine Abteilung der KTU (Kriminaltechnische Untersuchung) an.
„An welcher Stelle soll ich graben lassen? Wir haben hier drei Hinweisbarken für die Auf- und Abgänge durch die Dünen. Laut den gewonnenen Erkenntnissen von Herrn Schüttelboom müsste die Grabungsstätte zwischen der zweiten und dritten Barke liegen, was auch mit dem Pfahl übereinstimmen könnte. Sie stellen den Bagger, den Trecker und einen Container nahe an die dritte Barke heran. Die beiden anderen Container näher zur zweiten Barke hin. Einer soll etwas höher stehen, um einen besseren Blick über das Gelände zu haben.

An der dritten Barke lassen sie ein größeres Areal abstecken und sichern sie es mit auffälligem Flatterband. Ferner sorgen sie dafür, dass das Gebiet um den Pfahl überwacht wird. Stellen sie dazu zwei Mann ab, die als Urlauber getarnt in einem Leichtbauzelt hausen sollen. Dieses Zelt sollte schnell abgebaut werden können, aber ebenso schnell wieder aufgebaut werden, so etwas Ähnliches wie ein Wurfzelt, die es jetzt auf dem Markt gibt. Diese Baustelle lassen sie zwei Tage still vor sich hin ruhen. Am dritten Tag lassen sie die Mitarbeiter der KTU mit viel Tamtam anreisen und die Arbeit aufnehmen. Zuerst wird in dem markierten Areal gearbeitet. Die Stelle wo der Pfahl steht, bitte mit CPS erfassen. Ein Fadenkreuz auf 25 m anlegen und auch über GPS erfassen lassen. Alle Zugänge zu diesem Teil, auch von der See aus, überwachen lassen. Alles still und heimlich. Oberstes Gebot! Egal was sich dort tut, kein Zugriff!

Nur Personen, die sich hier Zutritt verschaffen wollen, per Kamera aufzeichnen und wieder ziehen lassen.
Den Rest mache ich über einen lancierten Bericht in der örtlichen Tageszeitung. Ich werde sagen, dass man durch neue Erkenntnisse diesen alten Mordfall aufklären könnte.

Packen wir es an!

Wir werden über unsere Handys in Kontakt bleiben. Gutes Gelingen, mein lieber Schulz!
Der letzte Rest des Bieres wurde brüderlich geteilt und dann wurde es auch schon Zeit ins Bett zu gehen, denn am anderen Morgen könnte es sehr anstrengend werden.

Am nächsten Morgen erschien der Kommissar in der Redaktion der Zeitung und gab einen entsprechenden Artikel im Auftrag des Kommissars Herrn Schulz auf.

Am Tag darauf saß der Kommissar vor dem Bistro am Hafen und trank seinen geliebten Kaffee. Dabei las er auch seinen eigenen Artikel. Einige Einheimische saßen ebenfalls dort und tranken ihren Kaffee und warteten auf die Ankunft der Fähre mit ihren Gästen, die sie abholen wollten. Man kam ins Gespräch. Wie beiläufig kam man auch auf den Mordfall, der vor nunmehr 20 Jahren stattfand, zu sprechen. Man fragte sich, ob es neue Erkenntnisse gab? Hatte man das richtig gelesen, dass man nach einer zweiten Leiche in den Dünen suchen wollte? Nach wessen Leiche eigentlich? Und dann nach so einer langen Zeit? Wird man da noch überhaupt etwas finden?

Werden einige nervös?

Einer der Einheimischen stand auf und telefonierte in sicherer Entfernung recht angespannt mit jemandem. Dann kam er zurück und setzte sich wieder auf seinen alten Platz, um seinen Kaffee zu trinken.

Dann lief die Fähre in den Hafen ein, die meisten bezahlten, standen auf und gingen zur Fähre, um ihre Gäste zu empfangen. Es war immer ein großes Gewusel, wenn die Fähre anlegte.
Die einen wollten so schnell wie möglich von Bord, als wäre der Teufel hinter ihnen her, die anderen konnten es nicht abwarten, endlich das Schiff zu entern. Vermutlich hatten sie noch offene Rechnungen nicht beglichen, sonst konnte man diese Ungeduld nicht verstehen. Sie mussten mit aller Macht auf das Schiff, um ihren Häschern zu entkommen.
Als die Fähre wieder den Hafen verließ kehrte Ruhe ein. Der Kommissar beobachtete das Spektakel, als sich plötzlich etwas ereignete, das ihn staunen ließ.

Einer der Brüder erschien im Hafen und sprach in einer stillen Ecke mit dem Mann, der eben noch so angeregt telefoniert hatte.

Der Kommissar faltete die Zeitung zusammen und legte sie beiseite. Als die Bedienung vorbei kam, bestellte er sich noch einen Kaffee. Die beiden redeten immer noch. Dann kam der Bruder auf den Kommissar zu und bat ihn höflich, ob er die Zeitung einmal haben könnte. "Kein Problem", sagte der Kommissar und gab sie ihm. „Die können sie behalten, da ich sie bereits gelesen habe." Mit zittrigen Händen blätterte er die Zeitung durch und eilte zu dem anderen Mann. Sie tuschelten noch einige Zeit zusammen und gingen dann auseinander.

Der eine fremde Mann war ca. 60 - 65 Jahre alt, eine elegante Erscheinung, ging ruhig zum Bootshafen runter und bestieg ein Segelboot mit dem Namen "Rose of Sea" und fuhr bzw. segelte in Richtung Festland.

Über den Hafenmeister erfuhr der Kommissar den Namen des Eigners. Es war ein gewisser Herr Mölders.

Jetzt hatte auch er ein Gesicht.

Bei diesem Herrn Mölders war ja auch einer der Brüder in Emden aufgetaucht. Bekamen sie jetzt kalte Füße? Warum wurden sie so nervös? Hatten sie etwas mit dem Zeitungsartikel zu tun?
Dabei stand ja in dem Artikel gar nicht so viel drin, trotzdem kam eine gewisse Unruhe auf der Insel auf.

Folgendes stand in dem Zeitungsartikel vom 27.7.2013

Baltrum

Vor zwanzig Jahren wurde die Leiche eines Mannes, ca. vierzig Jahre, Anfang April des Jahres 1993 am Oststrand von Baltrum aufgefunden. Es handelte sich hier um einen Mord. Damals tappte die Polizei völlig im Dunkel und kam in diesem Fall keinen Schritt weiter nach der Suche nach dem Täter oder den Tätern.

Man verdächtigte zwar einige Personen, aber alle hatten ein wasserdichtes Alibi und so konnte man ihnen keine Tatbeteiligung nachweisen.
Vor einigen Wochen wurde von einer übergeordneten Polizeidienststelle angeordnet, dass man diesen Fall noch einmal neu aufrollen will, da man mittlerweile neue Erkenntnisse aus Dänemark bekommen habe. So konnte man dem bisher unbekannten Opfer ein Gesicht geben. Mehr noch, man kann heute von einem Doppelmord ausgehen. Weitere Nachforschungen durch Herrn Kommissar Schulz werden noch folgen.

Heute ist man guter Zuversicht, diesen Fall nach 20 Jahren endgültig zu den Akten zu legen. Mehr möchte man aus polizeitaktischen Gründen noch nicht bekannt geben.

Die Ausgrabung beginnt

Der Kommissar rief Schulz an und teilte ihm seine Beobachtungen mit. Schulz meldete dem Kommissar, dass der Bagger und alles was man für die Grabungen brauche, morgen mit dem Versorgungsschiff kommen werden.
"Okay sagte der Kommissar, ich werde morgen an diesem Strandabschnitt spazieren gehen. Vielleicht kommen wir hier einen Schritt weiter. Also dann bis morgen! Ach, wann soll das Versorgungsschiff kommen? So gegen 10.30 h. „OK. Dann kann ich noch in aller Ruhe meinen Kaffee im alten Café des Ostdorfes einnehmen. Dann bis morgen!"

Am anderen Morgen traf das Versorgungsschiff gegen 10.30 Uhr im Hafen von Baltrum ein. Alles wurde von Bord geholt und dann zog der Treck über den südlichen Fahrweg der Insel in Richtung Ostende.

*Der erste Teil ging ja noch recht flott vonstatten, hier ist die Fahrbahn geteert. Allerdings nur bis zum alten Seemannsgrab, oder sollte es besser Kapitänsgrab heißen? Die Wegverhältnisse wurden immer schlechter. Man kam nur sehr langsam voran, zumal der Boden durch den Regen von gestern Vormittag stark aufgeweicht war und sich große Pfützen gebildet hatten.
So konnte Schulz kurz etwas mehr erfahren, was es mit diesem Grab an dieser Stelle auf sich hatte.*

Laut der begleitenden Information fuhr ein holländisches Schiff mit dem Kapitän Hendrik Dirks de Boer vor Baltrum auf Grund. Der Kapitän wollte auf die nächste Flut warten und schickte einen Mann auf die Insel, mit dem Auftrag dort für Verpflegung zu sorgen. Als dieser nur mit einem Schwarzbrot und einer Kanne Schafsmilch zurückkam, schimpfte der Kapitän:

"Gottverdorri, up dat Eiland mugg ik net begraben (mit v schreiben) wesen.

Diese Redewendung muss auch irgendwie den Insulanern zu Ohren gekommen zu sein.

Wie das Schicksal im Leben eines Mannes so spielt, fiel das Schiff des Kapitäns Jahre später wieder einmal vor Baltrum trocken und just zu diesem Zeitpunkt starb er. Die Insulaner verweigerten diesem "Dwarsbüngel" (Querkopf) ein Begräbnis auf ihrem Friedhof. So fand er sein Grab in den Dünen. Die Insulaner waren sich da einig: "De Keerl, de blifft buten in d` Dünen und so ist das auch bis heute geblieben. Wie das Leben halt manchmal mit einem so mitspielt.

Erst gegen Mittag kam der Tross an der Düne auf der Ostseite der Insel an. Nach einer kurzen Pause ging man an den Aufbau, nahe der dritten Barke. Alles wurde wie besprochen aufgebaut.

Als man gerade dabei war, die Grabungsstätte abzustecken und mit einem Flatterband zu kennzeichnen, bemerkte einer der helfenden Beamten, dass sie von jemandem, nahe der Wasserkante mit einem Feldstecher beobachtet wurden. Unauffällig gab der Beamte Schulz ein Zeichen und zeigte auf den neugierigen Unbekannten. Schulz zog sich hinter einen Container zurück, ließ sich einen Feldstecher geben und nahm den Unbekannten ins Visier. Er war verwundert, wen er dort sah. Es war einer von den vier Brüdern, die unter Verdacht standen. Er gab den anderen zu verstehen, dass sie einfach weiterarbeiten sollten. Es sei nur einer von den unter Verdacht stehenden Tätern. Als er noch einmal in den Feldstecher schaute, staunte er nicht schlecht, wen er dort auf dem Strand sah. Es war der Kommissar! Kurze Zeit später sah er die beiden in einem Gespräch verwickelt. Immer wieder zeigte der Kommissar auf die Stelle, wo wir in der Düne arbeiteten.

Was hatte der Kommissar vor?

Wollte er ihn verunsichern oder spielte er nur den Ahnungslosen, der einfach nur neugierig war? Schulz wäre gerne dabei gewesen. Als dann der Kommissar, aus Neugierde, auf sie zukam, machten wir ihm per Megaphon klar, dass er sich hier in einem polizeilichen Sperrgebiet befindet und es sofort verlassen sollte. Ebenso auch der Herr, der sich dort unten an der Wasserkante aufhielt. Der Kommissar ging wieder runter zur Wasserkante und so gingen beide gemeinsam und kopfschüttelnd von dannen. Im Bereich des Strandes, wo die Strandkörbe stehen, trennten sich ihre Wege.

Der Kommissar suchte seinen Strandkorb auf und sah, wie der Späher der Brüder am Strand weiter entlang lief und sehr angeregt mit jemandem telefonierte.

Schnell sprach es sich auf der Insel herum, was sich im Ostteil der Insel abspielte. Auch in der Strandkorb-Siedlung kochte die Gerüchteküche. Da wurde von einem neuen Mord gefaselt. Von einer Abrechnung zwischen zwei Dealer-Banden vom Festland. Aber auch das Gerücht von einer Frauenleiche ging umher. Schwer misshandelt und zerstückelt. Der Ehemann würde unter Verdacht stehen, diese schreckliche Tat begangen zu haben und er soll einer von der Insel sein.

Auch an den Kommissar wurden diese Gerüchte herangetragen. Er nahm sie gelassen und amüsiert auf.

Beiläufig, an der Imbissbude, wo er sich seinen Kaffee holte, belauschte er ein Gespräch zwischen zwei Herren, die die Mordgeschichte immer weiter ausbauten und er wurde von den beiden Herren mit in die Geschichte hinein gezogen.

Er konnte nur noch den Kopf schütteln und fragte: "Kann man sich denn hier auf der Insel noch sicher fühlen?" "Ich wollte doch hier auf dieser lieblichen Insel nur ein paar ruhige Urlaubstage verbringen!"

"Nein," entgegnete ihm der eine Herr, so gefährlich ist es hier auf der Insel nicht," wurde er schnell beruhigt und man wechselte das Gesprächsthema.

Der Kommissar verbrachte den Nachmittag in seinem Strandkorb, genoss die Sonne, den Wellenschlag des Meeres und ging, seinen Kaffee schlürfend, noch einmal alle bekannten Fakten des Falles im seinem Kopf durch.

Er wollte den Fall aufklären und da war es wichtig, kein Detail und wenn es noch so winzig sei, zu übersehen.

Gegen achtzehn Uhr wurde er in seinen Gedankengängen durch einen Anruf von Schulz unterbrochen, der ihm meldete, dass alle Vorbereitungen abgeschlossen seien und übermorgen die KTU (Kriminalstechnische Untersuchung) mit den Grabungen beginnen könnte. "Das ist gut", entgegnete der Kommissar. „Jetzt sollte nur die Überwachung des Geländes klappen. Also Augen auf und wachsam sein." Danach machte sich der Kommissar auf den Weg ins Strandcafè, um dort sein Abendessen einzunehmen. Die Sonne, die sich mal zwischenzeitlich hinter den Wolken versteckte kam wieder hervor und der Kommissar unternahm nach dem Essen noch einen kleinen Abendspaziergang. Dabei kam er auch an dem kleinen Rosengarten vorbei, der versteckt in den Dünen lag.

Er ging in die kleine, liebevoll angelegte Grünanlage, welche in einem kleinen Dünenwäldchen zwischen dem West- und Ostdorf liegt.

Eine kleine ehrenamtlich tätige Gemeinschaft pflegt und hegt diese Anlage. Der Kommissar nahm auf einer Bank Platz, genoss die letzten, warmen Sonnenstrahlen an diesem Abend und ließ seinen Gedanken freien Lauf.

Als die Sonne langsam unterging, machte er sich auf zu seinem Feriendomizil.

Am anderen Morgen herrschte bei Schulz eine große Verärgerung, als er erfuhr, dass sich jemand auf dem abgesperrten Gelände am Oststrand aufgehalten hatte. Ein Mitarbeiter hatte dort frische Spuren entdeckt. Schulz wurde sofort darüber informiert, er ließ sein Frühstück stehen und eilte mit dem Fahrrad zum Oststrand. Dort angekommen, ließ er sich einen ersten Bericht geben und gab die Anweisung, die Spuren zu sichern. Als er über das gesperrte Gelände ging, fiel ihm auf, dass dort, wo mal ein Pfahl stand, jetzt keiner mehr stand. Der musste in der Nacht entfernt worden sein. Spuren waren sehr säuberlich verwischt worden.
Wer wollte mit dem Pfahl etwas anfangen?
Mal sehen, was die Kameras aufgezeichnet hatten?

Zu seinem Schrecken musste Schulz feststellen, dass die Linsen der Kameras abgedeckt worden waren und damit gab es keine Bilder von dem Geschehen in der Nacht. Aber wie konnte dies geschehen? Wer hatte davon Kenntnis ghabt oder hatte diese weitergegeben? Schulz war fassungslos. Warum haben die beiden abgestellten Beamten in ihrem Zelt nichts bemerkt? Sie sagten aus, dass das Meer in dieser Nacht sehr laut war und man nur mit einer Mütze über den Ohren zu etwas Schlaf kommen konnte. Schulz schickte seine Leute raus, um nach weiteren Spuren zu suchen.

Dank des angelegten Fadenkreuzes, hatte der "Alte" so etwas geahnt, konnte Schulz nach einiger Buddelei den verbliebenen Rest des Pfahles in einer Tiefe von einem Meter finden. Ein Mitarbeiter fand dann Spuren, die von See kamen. Waren die Täter mit einem Boot gekommen? Die gefundenen Spuren wurden erst einmal gesichert.

Nun musste Schulz seinen "Chef" anrufen und ihm mitteilen, dass es einen gelungenen Versuch gab, den Pfahl zu stehlen.

Als er von Schulz dieses vernahm, konnte er sich ein Lächeln nicht verkneifen. "Ich habe schon damit gerechnet und bin so in meinen Feststellungen bestätigt worden. Jetzt spielen wir das Spiel weiter."

Einen Tag später kamen die Mitarbeiter der KTU an. Mit zwei Kutschen wurden ihre Gerätschaften zum Oststrand gebracht. Sie selbst gingen zu Fuß und genossen die Stille und die gute Luft.
Das Wetter spielte auch noch mit, was wollte man mehr?
Am Oststrand angekommen wurden sie von Schulz informiert und begannen sofort mit ihrer Arbeit. Fleißig wurde der abgesteckte Bereich regelrecht durchwühlt. Der Bagger wühlte sich vorsichtig durch zahlreiche Schichten der Düne. Aber noch gab es keinen Hinweis auf eine Leiche.

Von einem Boot aus wurden die Arbeiten, die dort in den Dünen stattfanden, beobachtet.
Schulz bat die Küstenwache sich dem Boot anzunehmen, es aus dem Bereich zu entfernen und die Namen der Personen, die sich auf dem Boot befanden, festzustellen. Eine kurze Zeit später ging bei Schulz die Meldung ein, dass es sich hier um zwei Brüder handelte, die angeblich auf Fischfang waren. Was trieben eigentlich die beiden anderen Brüder?
Einer der Brüder versuchte, als Urlauber getarnt, über den Landweg beziehungsweise über den Weg am Strand entlang an die Grabungsstätte zu kommen. Er wurde jedoch durch zwei Polizisten abgefangen und zurück geschickt. Jetzt fehlte nur der vierte der Brüder.

Was hatte er sich ausgedacht?

Nachdem der Wasser- oder Landweg nicht geglückt war, blieb ja eigentlich nur noch der Luftweg übrig.

Schulz traute kurze Zeit später seinen Augen nicht, als er das leise Summen eines so genannten Modellbau-Helikopters über sich vernahm. Ruhig und still stand er in einiger Höhe über der Grabungsstätte und schien jede Bewegung dort aufzunehmen, die er vermutlich an seinen Empfänger weiterleitete. Eigentlich konnte er ja nicht weit entfernt sein. So sehr er auch die Gegend mit seinem Feldstecher absuchte, er konnte nichts finden. Was sollte er tun? Sie versuchen es über das Meer, über den Landweg und nun auch noch durch die Luft, nur um sich zu vergewissern, dass wir an der falschen Stelle suchen.

Schulz nahm seinen Revolver, zielte und holte das Objekt mit einem Schuss vom Himmel. Im Sturzflug ging der Helikopter herunter und zerschellte in den Dünen. Schulz schickte schnell einen Beamten zur Absturzstelle, um die Überreste zu sichern. Schulz sah, wie in der Ferne der Beamte und der vierte Bruder zur Absturzstelle rannten.

Jedoch war der Beamte schneller und der Bruder drehte blitzschnell ab und verschwand in den Dünen.

Erste Festnahmen

Schulz informierte den Kommissar über die Vorfälle mit den Brüdern. Sollte der Kommissar seine Strategie ändern? Wie wollte er jetzt vorgehen? Nachdem was alles bisher passiert war, sah es so aus, dass die vier Brüder an der Tat vor zwanzig Jahren beteiligt waren. Ebenso spielte Herr Möhle alias Herr Mölders eine mehr als undurchsichtige Rolle in diesem Mordfall. Eines machte ihn aber doch etwas stutzig, die Altersangabe von Möhle. Aber wenn einer seinen Namen ändert, dann ändert er auch sein Alter, um irgendwelche Spuren zu verwischen?

Der Kommissar rief Schulz zu sich. „Schulz bitte alles vorbereiten für den Zugriff auf die vier Brüder und Möhle."

„Wenn sie sie geschnappt haben, dann bitte in Handschellen an der Grabungsstätte vorführen lassen. Gleichzeitig bei allen eine Hausdurchsuchung veranlassen.

Ich werde in der Zwischenzeit zur Grabungsstätte gehen und die Arbeiten dort überwachen bzw. in die Hand nehmen." Schulz telefonierte gleich mit der Staatsanwaltschaft, innerhalb einer Stunde lagen alle notwendigen Unterlagen vor und Schulz konnte loslegen.
Die vier Brüder wurden in ihren Häusern überrascht und festgenommen. Gleichzeitig wurden ihre Häuser durchsucht.

Herrn Mölders wollte er selbst vor Ort festnehmen. Er nahm sich ein Flugzeug vom Flughafen Baltrum und ließ sich nach Emden fliegen. Dort standen schon weitere Beamte bereit, um die Festnahme vorzubereiten.

In Emden angekommen wurde Schulz schon erwartet. Anschließend fuhr ein Konvoi zur Kanzlei des Herrn Mölders.

Dann ging alles blitzschnell. Herr Mölders wurde in seinem Büro angetroffen und sofort festgenommen, während gleichzeitig mit der Hausdurchsuchung begonnen wurde. Herr Mölders und seine Mitarbeiter waren zunächst erst einmal völlig überrascht von dieser Aktion.

Frau Viborg wird nach zwanzig Jahren gefunden.

In der Zwischenzeit hatte man mit den Abtragungen in der Düne im Zentrum des Fadenkreuzes langsam und mit größter Vorsicht begonnen. Langsam und mit größter Sorgfalt hob der Bagger die ersten Schaufelladungen aus. Nachdem er ein ca. anderthalb Meter tiefes Loch gegraben hatte, fuhr der Bagger zur Seite und jetzt ging es mit der Schaufel weiter. Quadratzentimeter für Quadratzentimeter hob man die Grube weiter aus.
Bald hatte man eine Tiefe von zwei Metern erreicht, als man auf einen Gegenstand stieß. Es war ein Rundholz, ca. einen Meter lang und mit einem Durchmesser von rund zehn Zentimetern. Zwei Mitarbeiter der KTU betrachteten das Holzstück und man kam zu dem Schluss, dass man glauben konnte, hier in einer Verfärbung des Holzes Blutspuren entdecken zu können.

Man wollte sogleich mit der Analyse beginnen. Vorsichtig ging es dann mit einer kleinen Schaufel weiter. Zentimeter für Zentimeter ging es weiter in die Tiefe. Nach einer Viertelstunde hielt einer der Grabenden plötzlich inne. Hatte er etwas gefunden? Das Loch wurde taghell ausgeleuchtet. Vorsichtig grub man weiter. Plötzlich stockte einem der Ausgräber der Atem. Was hatte er gefunden? Alle kamen zusammen gelaufen, gruppierten sich um das Loch und blickten in das taghell erleuchtete Loch. Vorsichtig machte der Ausgräber weiter. Als er mit einem Pinsel den Sand zur Seite schob, kamen zwei Finger einer Hand zum Vorschein. Man grub weiter. Einige Zeit später hatte man ein komplettes Skelett freigelegt, vermutlich das einer Frau. Sofort wurde alles abgeriegelt, ein Zelt über dem Loch aufgebaut und zwei Gerichtsmediziner nahmen die ersten Untersuchungen auf. So wie es aussah, könnten dies die sterblichen Überreste von Frau Viborg sein.

Alter und Geschlecht konnten passen. Auch eine Schädelverletzung passte ins Schema. Aber eine genaue Analyse konnte nur in der Gerichtsmedizin gemacht werden. Sofort wurden alle Vorkehrungen getroffen, die sterblichen Überreste in die nächste Gerichtsmedizin zu bringen, um dort mit den Untersuchungen zu beginnen. Schulz wurde von dem Kommissar über das Handy von dem Fund informiert.

Damit waren die Tatumstände soweit geklärt. Jetzt galt es, die Mörder des Ehepaares nach zwanzig Jahren zu überführen.
Schulz informierte den Kommissar darüber, dass die vier Brüder und auch Mölders verhaftet wurden. Der Kommissar gab Schulz die Order, diese Personen sofort zum Fundort zu bringen, bevor die sterblichen Überreste geborgen wurden. Der Kommissar wollte sehen, wie die vier Festgenommenen auf den Fund reagieren.

Als Hauptwachmeister Hinrichs und seine Begleiter mit den Festgenommenen in den Dünen erschienen und ihnen die Fundstelle zeigte, verzog keiner der vier Brüder auch nur eine Miene.

"Okay," sagte der Kommissar, „abführen!"

Schulz kam mit Mölders zur Fundstelle. Auch er musste einen Blick auf die Fundstelle werfen. Keine Reaktion! Anschließend ging es auch für ihn in die U-Haft.

Schulz sollte die Verhöre führen. Er selbst wollte noch im Hintergrund bleiben und die Ergebnisse der Hausdurchsuchungen und der Autopsie der sterblichen Überreste abwarten. Gleichzeitig wollte er noch einer Spur nachgehen, wo er, eher durch einen Zufall, einige Gesprächsfetzen aufgeschnappt hatte.

Die Verhöre

Am anderen Morgen nahm sich Schulz die vier Brüder vor.

Zunächst ging er ruhig, gelassen und sachlich vor. Die Brüder wollten sich nur in Gegenwart eines Anwalt sich befragen lassen. Eigentlich war ja Herr Mölders ihr Anwalt. Aber der stand nun selbst unter Anklage. Also musste jetzt ein Anwalt aus seiner Kanzlei für ihn einspringen. Es kam ein Herr Piepenbrock. Stunden später konnte das Verhör wieder neu aufgenommen werden.

Schulz befragte jeden der Brüder einzeln nach Namen, Alter, Beruf, Ehestand, finanziellen Verhältnissen usw.

Bruder 1

Name: Peter
Geb.: 1.3.1953
Alter zur Tatzeit: 40 Jahre
Heute: 60 Jahre
Wohnort: Baltrum
Ehestand: Verheiratet
Beruf: Fischer

Bruder 2

Name: Hein
Geb.: 4.5.1954
Alter zur Tatzeit: 39 Jahre
Heute: 59 Jahre
Wohnort: Baltrum
Ehestand: Verheiratet
Beruf: Fabrikarbeiter

Bruder 3

Name: Pit
Geb.: 12.7.1956
Alter zur Tatzeit: 37 Jahre
Heute: 57 Jahre
Wohnort: Baltrum
Ehestand: Verheiratet
Beruf: Autohändler

Bruder 4

Name: Hinark
Geb.: 21.9.1958
Alter zur Tatzeit: 35 Jahre
Heute: 55 Jahre
Wohnort: Baltrum
Ehestand: Verheiratet
Beruf: Bootsverleiher

Nur zögerlich kamen die Antworten. Schulz musste einen immensen Druck aufbauen, bis die ganz normalen Fragen beantwortet wurden.
Der Anwalt versuchte immer wieder darauf hinzuweisen, dass die Brüder nichts mit dem angeblichen Mord zu tun hätten. Dies wurde ja bereits vor 20 Jahren geklärt. Also was sollen jetzt die erneuten Verhöre?

Jetzt nahm er sich Peter vor. "Gut," sagte Schulz, „dann wollen wir noch einmal ihre damaligen Aussagen durchgehen. Wenn etwas nicht stimmen sollte, dann erheben sie bitte Widerspruch. Vor 20 Jahren haben sie ausgesagt, dass sie zur Tatzeit bei ihrer Firma auf dem Festland gearbeitet haben. In den Unterlagen haben wir auch einen entsprechenden Hinweis ihrer Firma gefunden, die ihnen bestätigt, an diesen Tagen für die Firma gearbeitet zu haben.
Leider würde er einer heutigen Untersuchung nicht mehr standhalten.

Diese Bestätigung hat ihnen damals ihre heimliche Liebste, die im Büro der Firma arbeitete, ausgestellt. Ihnen also ein falsches Alibi gegeben!
Der Anwalt wollte gerade Einspruch erheben, da klingelte das Handy von Schulz. Schulz nahm das Gespräch entgegen und lächelte, als er das Gespräch beendet hatte. Der Anwalt wollte gerade wieder ansetzen, als ihm Schulz das Wort entzog. Er schaute Peter tief in die Augen und sagte zu ihm: "Wissen sie woher der Anruf kam?" Ich kann ihnen dies sagen: "Wir haben ihre damalige Liebschaft ausfindig gemacht und mit dem Hinweis, dass man sie wegen Beihilfe an einem oder gar zwei Morden gerichtlich belangen könnte, brach sie in Tränen aus und gab zu, ihnen damals als Chefsekretärin der Firma ein Alibi verschafft zu haben."
Wozu er dies brauchte, blieb ihr damals schleierhaft. Er hatte ihre Liebe dafür ausgenutzt. Das Verhältnis lief über Jahre. Dann wurde es von ihnen beendet.

Ich glaube, ihre Frau würde sich bestimmt über diese Information freuen. Als Schulz diesen Satz sagte, verlor Peter zum ersten Mal seine Fassung und bat den Kommissar, dies nicht seiner Frau zu sagen. Die Kollegen von damals hätten ihm zugesichert, dies für sich zu behalten. Was damals zählte, sollte doch auch heute noch gelten. Schulz lächelte gequält. Er habe hier einen Doppelmord aufzuklären, da werde er doch auf die Begehrlichkeiten eines Verdächtigen keine Rücksicht nehmen. „Sie haben nur noch eine Möglichkeit - die Wahrheit zu sagen oder ich werde ihnen die Beteiligung an dem Doppelmord beweisen, denn alle Erkenntnisse, die wir neu gewonnen haben und heute wissen, zieht sich die Schlinge um ihren Hals immer enger zu! Sie wollen es noch nicht wahrhaben, aber es wird immer einsamer um sie."
„Abführen!"*

Bei dem zweiten Bruder ging Schulz sofort in die Vollen.

Er sagte ihm auf den Kopf zu, nachdem er Platz genommen hatte, dass er mit seinem Bruder Peter zusammen Herrn Viborg und seine Frau, die man jetzt nach 20 Jahren in den Dünen gefunden hatte und deren Identität soeben durch die Gerichtsmedizin bestätigt wurde, auf dem Schiff ermordet habe und dann die Leichen an Land vergraben hatten. „Bei der Leiche von Herrn Viborg ging damals leider etwas schief! Der Sturm war wohl zu heftig und sie haben nicht ordentlich genug gearbeitet. Denn die Leiche von Herrn Viborg wurde ja nach dem Sturm am Strand gefunden. Mittlerweile haben sich die Beweise verdichtet, dass sie und ihr Bruder die Täter sind."

Der Anwalt legte sofort sein Veto ein und sagte: "Weder Peter noch Hein konnten auf dem Boot gewesen sein. Sie beide hatten wasserdichte Alibis." Das würde auch heute noch gelten. „Nein," gab Schulz zurück. Das eine Alibi von Peter ist ja, wie sie wissen, geplatzt. Jetzt nach zwanzig Jahren!"

„Also werden wir auch das Alibi von Hein erschüttern können. Dabei haben wir heute ganz andere Möglichkeiten als damals, zum Beispiel die DNA-Analyse. Da reichen schon kleinste Partikel aus, um eine Beteiligung nachzuweisen. Übrigens haben wir das Boot, oder besser gesagt die Yacht ausfindig gemacht, die jetzt überprüft wird. Da gibt es viele Ecken mit alten Spuren, die nie gelöscht wurden. Ferner haben wir die Mordwaffe, mit der Frau Viborg erschlagen wurde, bei den Ausgrabungen gefunden. Wir konnten Blutreste feststellen, trotz dieser langen Zeit in der Düne und die Form des Holzes passt zu den Verletzungen an der Schädeldecke."

Schulz ging soweit, dass er beiden den Mord an den Viborgs unterstellte, auch wenn der Anwalt alles versuchte, Schulz zu einer Änderung seiner Meinung zu bewegen, blieb er dabei. Auch wenn die Brüder weitere Aussagen verweigerten, so wurde die Beweislast immer größer.

Schulz schickte beide zum DNA - Test. Danach sollte es zu einem Moularsch-Test gehen. Keiner kannte ihn. Also stellte man allerlei Versuche mit den Brüdern an, während die rätselten, was das alles auf sich hatte. Damals machten sie eine Aussage und damit war die Sache für sie erledigt. Aber was soll heute dieser ganze Blödsinn mit den zahlreichen Untersuchungen. Bekommen die dadurch neue Erkenntnisse? Können die noch nach 20 Jahren etwas finden, was uns belasten kann? Wenn alle ihre Aussagen von damals wiederholen und bestätigen, dann kann ihnen ja eigentlich nichts passieren. Oder? Warum sollten wir uns durch den Kommissar Schulz verrückt machen lassen? Er blufft ja nur. Oder vielleicht doch nicht? Hat er etwas in der Hand gegen einen von uns? Das mit dem Fund der sterblichen Überreste von Frau Viborg hätte nicht sein sollen. Gut, ist halt passiert, aber was soll uns das kümmern?

Was haben wir damit zu tun? Diese Gedanken gingen Hein durch den Kopf, als er abgeführt wurde.

Die beiden anderen Brüder schmorten in ihrer Zelle und machten sich Sorgen um Peter und Hein. Haben sie ausgesagt oder sind sie eisern bei ihren Aussagen geblieben? Wenn man nur etwas darüber wüsste.

In der Zwischenzeit ging der Kommissar alle bisher gesammelten Fakten durch. Dann gingen die ersten Obduktionsergebnisse ein. Es war klar, dass es sich bei den gefundenen sterblichen Überresten um eine Frau handelte, ca. 40 Jahre alt, 170 cm groß, und die Todesursache war ein Schlag auf den Schädel. Der gefundene Pfahl passte zum Schadensbild des Schädels. Eine Nachfrage hinsichtlich des Zahnbildes der Frau mit den dänischen Kollegen brachte die endgültige Gewissheit, dass es sich hier um die bis dato vermisste Frau Viborg handelte.

Etwas stimmt nicht

Nur in einem Punkt war sich der Kommissar unsicher. Das Alter, welches man damals Herrn Mölders zulegte, passte nicht mit den Aussagen und seinem tatsächlichen Alter zusammen. Damals wurde Herr Mölders als älterer Herr beschrieben.

Der Kommissar griff zum Hörer und rief seine Kollegen in Dänemark an.

Schulz machte eine Verhör-Reihe nach der anderen mit den vier Brüdern durch. Mal wurden immer die gleichen Fragen gestellt, mal kamen neue Fragen auf den Tisch. Bei den Brüdern stellte sich langsam eine gewisse Müdigkeit ein und dadurch kam es zu Unstimmigkeiten in ihren Aussagen.
Dies war das, was Schulz wollte, Unsicherheit schüren, Verunsicherung auslösen, um dann in diesen Nahtstellen zu bohren. Er hoffte darauf, dass einer von den Vieren einen Fehler machte und er so der Wahrheit näher kam.

Noch blieben die Brüder bei ihren Aussagen. Aber wie lange noch? Schulz erhöhte den Druck. Bei jeder Verhör-Runde brachte er ein winziges, neues Detail hervor. Das Puzzle wurde immer komplexer. So ging es über Stunden, jeden Tag.

Verhör - Pause - neues Verhör.

Mal wurden nur zwei von den Brüdern verhört. Dann waren alle vier wieder dran. Dann führten weitere Ermittler die Gespräche, so dass es schwierig für die Brüder wurde, sich auf einen Verhörpartner einzustellen. So wurden kleinste Nuancen in den Aussagen festgehalten.
Drei Tage nach der Verhaftung kam Mölders in den Genuss der Verhöre. Schulz nahm ihn zuerst gar nicht wahr, sondern las in irgendwelchen Unterlagen. So saß Mölders erst einmal 15 Minuten lang unruhig auf seinem Stuhl und rauchte eine Zigarette nach der anderen.

Schulz drehte sich langsam um und schaute Mölders tief in die Augen und sagte ganz leise zu ihm: "Gerade eben hat einer der Brüder meinem Kollegen gestanden, dass die Brüder und er, die beiden Viborgs umgebracht haben, um an deren Boot zu kommen. Zu dieser Zeit hätten alle fünf in einer finanziellen Krise gesteckt und brauchten Geld. Deshalb wollten sie sich mit dem Erlös aus dem Bootsverkauf, sowie dem Hausverkauf in Dänemark zwei Jahre später ihre finanziellen Engpässe beheben.
Damit kann man jetzt und hier über einen Doppelmord sprechen. Zunächst war Mölders wegen dieser Ankündigung sprachlos. Als er sich gefangen hatte, wies er alle Anschuldigungen weit von sich. Was sollte er mit den Morden zu tun haben? Gut, er war zu damaliger Zeit der Rechtsbeistand der vier Brüder und sicherte deren Geschäfte ab. Mit einem Mord oder gar mit einem Doppelmord, habe er aber nicht im Geringsten zu tun. Wie er eigentlich darauf käme, eine solch unglaubliche Behauptung aufzustellen.

Schulz blieb ganz ruhig und antwortete: "Ganz einfach, erstens durch die Aussage einer der vier Verdächtigen, dass sie daran beteiligt waren. In welcher Form auch immer. Dies werden wir noch klären. Zweitens waren sie, nur einen Tag nach dem Auffinden der Leiche von Herrn Viborg, damit beschäftigt, das Boot in Emden zu verkaufen.

Drittens, zwei Jahre später traten sie in Dänemark als Eigentümer des Hauses der Viborg auf, um es zu verkaufen. Da stellt sich für uns die Frage, wie dies angehen konnte? Vielleicht können sie etwas Licht in dieses Dunkel bringen?"

Die Antwort von Mölders war kurz: "Das müssen sie mir erst einmal nachweisen und sonst sage ich jetzt nichts weiter."

"Okay," sagte Schulz, „ich habe Zeit."

"Abführen!"

Gab es den großen Unbekannten im Hintergrund?

Am Abend trafen sich Schulz und der Kommissar, um ihre Ergebnisse auszutauschen. Ich stehe vor einer Mauer des Schweigens, sowohl bei den Brüdern, wie auch bei Mölders. Sie blocken eiskalt alles ab, obwohl alles für eine Beteiligung spricht. Nur nicht ungeduldig werden, mein lieber Schulz," lächelte der Kommissar. Ich habe in den Unterlagen einige interessante Hinweise gefunden, auf einen Mann, der im Hintergrund agiert haben könnte. Können sie sich noch daran erinnern, als einer der Brüder sagte, dass ein reicher Mann ihnen geholfen hätte? „Ja, daran kann ich mich erinnern. Aber wer sollte dies gewesen sein?

Ich habe da so einen Verdacht, als ich mir damals den Artikel über die männliche Leiche in der Zeitung angesehen habe.

Gestern war ich noch einmal in dieser Redaktion, um mir die Ausgaben der Lokalberichte von drei Monaten aus dieser Zeit heraussuchen zu lassen, um sie in Ruhe zu studieren. In dieser Zeit war die Wahl des neuen Bürgermeisters ein beherrschendes Thema. Der damalige Bürgermeister wurde von seinem Mitbewerber Krummeisen sehr scharf angegriffen, zum Teil auch mit unlauteren Mitteln, und stand mit dem Rücken zur Wand. Er hatte die Wahl nach diesen Anfeindungen nicht mehr gewinnen können und ist mit Schimpf und Schande von der Insel gejagt worden.
Aber, was passierte dann? Der Herausforderer Krummeisen holte für sich das beste Ergebnis seit Jahrzehnten heraus! Alle fragten sich damals, wie das sein konnte? Aber alles an dem Ergebnis war korrekt. Das war schon sehr merkwürdig. Oder? Just zu diesem Zeitpunkt fingen die Brüder an zu bauen. Ebenfalls sehr auffällig.

Würde man die bekannten Mitglieder des Clans der Brüder zusammen zählen, dann käme man damals auf ungefähr 36 Personen, ca. 10% der damaligen Bewohner der Insel. Wenn man bedenkt, dass von allen Bewohnern ca. 50% davon wahlberechtigt waren, also rund 180 bis 200 Leute, dann konnten diese 36 Stimmen des Clans, rund 20% der Wählerstimmen ausmachen. Nicht uninteressant? Oder?
Ich werde morgen Vormittag in das Amtsarchiv gehen und mir dort die alten Wahlunterlagen anschauen. Mal sehen, was ich dort finden werde."

Sie werden morgen die vier weiter in die Mangel nehmen. Dann lassen sie Pit frei, während sie bei den anderen den Tatvorwurfes des Mordes festigen."
„*Aber warum soll ich den Pit frei lassen? Passen sie auf Schulz: "Der Pit ist nicht der hellste der vier Brüder. Er macht nur das, was ihm seine Brüder vorgeben. Jetzt steht er plötzlich allein da und wird nicht wissen, was er zu tun hat. Zumal auch noch Mölders sitzt!*

Da stellt sich für mich die Frage, wo wird er hingehen, der ihm sagt, was er tun soll? Eben, dass will ich wissen! Also eine strikte Bewachung rund um die Uhr. Ich will über jeden Schritt von Pit Bescheid wissen. Er könnte die Lösung für unseren Fall sein.

Also machen wir uns an die Arbeit.

Am anderen Morgen suchte der Kommissar das Archiv im Rathaus auf. Er ließ sich zahlreiche Unterlagen geben. Ferner ließ er die beiden Leiter der Geldinstituten auf der Insel vorstellig werden, um die Geschäftsvorgänge aus den Jahren 1993 bis 1996 des damaligen Bürgermeisters zu überprüfen. In allen Unterlagen fand er wichtige Hinweise. Die Kassenberichte aus diesen Jahren waren ebenfalls sehr aufschlussreich.

An diesen Morgen machte Schulz weiter mit den Verhören. Mittlerweile trafen auch die ersten Ergebnisse aus den zahlreichen DNA - Analysen ein.

Der Kommissar eilte zum provisorischen Kommissariat von Schulz. Hier unterbrach er kurz das Verhör von Schulz mit Hinerk, um ihn über die neuen Erkenntnisse, die er aus den Unterlagen im Rathaus und von den Geldinstitute hatte, zu informieren. Schulz war nicht sonderlich überrascht, dass der Kommissar neue Spuren gefunden hatte.

Schulz und der Kommissar führten jetzt die Verhöre gemeinsam. Die Brüder waren völlig überrascht, als der Kommissar das Verhör jetzt führte. Auf Schulz konnten sie sich ja noch einstellen, aber jetzt? Der Kommissar war aber nur kurz angebunden und warf jedem der Brüder die Beteiligung an dem Doppelmord der Viborgs vor. Ferner sind die ersten DNA - Analysen positiv ausgefallen. Damit wäre der Nachweis einer Beteiligung an den Morden erbracht, was schon lebenslange Haft bedeuten würde. Drei Brüdern hielt er dies unter die Nase und ließ sie, trotz starker Proteste, abführen. Nur dem vierten der Brüder gab er das

Gefühl unschuldig zu sein, während seine Brüder überführt seien und nun auf ihren Prozess in U-Haft warten können. Er sei frei und könnte gehen. Pit war völlig verunsichert. Er war frei und seine Brüder seien überführt?

Wie konnte das angehen? Was ging hier vor? Hatte einer seiner Brüder gestanden? Pit ging erst einmal nach Hause, während seine Brüder und Mölders in die U-Haft auf dem Festland gebracht wurden. Von dem Fenster seiner Wohnung aus konnte er sehen, wie sie abgeführt wurden.

In den nächsten Tagen sah man Pit immer wieder einsam am Strand entlang laufen, immer mit sich selbst redend. Man hatte den Eindruck, dass er nach einer Antwort suchte und was er tun sollte. Seine Brüder konnte er ja nicht fragen, ebenso auch Mölders nicht, die ja in der U-Haft saßen.

Wen sollte er also fragen? Was sollte er tun?

Die Frauen seiner Brüder konnte er ebenfalls nicht fragen, sie wussten ja nicht, um was es hier ging. Zum Teil kamen sie ja erst Jahre später auf die Insel. Zudem standen sie unter Schock, jetzt als Gattinnen von Mördern zu gelten.
Aber auch die Bewohner der Insel waren geschockt.
Die vier Brüder sollten einen Mord aus Habgier begangen haben? Unfassbar! Nicht zu glauben! Seit fast zwanzig Jahren leben hier mutmaßliche Mörder unter uns und keiner will etwas bemerkt haben?
Auf einmal konnten sich einige noch vage an Auffälligkeiten erinnern. Schulz wurde regelrecht von angeblichen Zeugen und Aussagen überfallen. Er sagte sich: "Vielleicht ergibt sich daraus ein Detail, was mal wichtig sein könnte bei der Verurteilung der Mörder."

So nahm Schulz jede Aussage peinlich genau auf.

Pit liefert den letzten Beweis

Der Kommissar wühlte weiter in den alten Akten und den Kontenbewegungen aus den Jahren 1993 bis 1996. Hier und da machte er sich Notizen. Wenn seine Vermutung stimmt, dann müsste Pit ihnen den letzten Beweis bald liefern. Pit war total verunsichert. Was sollte er bloß tun? Einen Fehler wollte er ja nicht machen. Etwas aber musste er tun, um seinen Brüdern zu helfen.

Nur war die Frage: "Was?"

Auch die Frauen der Brüder bedrängten Pit etwas zu unternehmen, wenn ihre Männer unschuldig seien. Pit haderte mit sich selbst. Eine Frage, die er sich immer wieder stellte war: "Warum wurde er, gerade er, auf freien Fuß gesetzt und seine Brüder unter Mordverdacht gestellt. Was wollten die Kommissare mit dieser Aktion erreichen?

Wollten sie ihm eine Falle stellen? Wollten sie sehen, was er jetzt macht? In keiner der letzten Nächte hatte er geschlafen. Er war müde. Seine Nerven waren angespannt wie ein Flitze-Bogen. In seinem Kopf wurde er von der Frage gemartert, was er tun soll? Wenn er auf der Insel herum lief, hatte er das Gefühl, dass ihn 1000 Augen über jeden seiner Schritte begleiteten. Immer stärker erfassten ihn die Unruhe und das Gefühl, dass er etwas für seine Brüder tun müsste. Nur was und wie? Auf einem seiner morgendlichen Spaziergänge schoss ihm ein wahnwitziger Gedanke durch den Kopf.

Wird er vielleicht abgehört? Eilig lief er nach Hause.

Dort angekommen durchsuchte er seine Wohnung. Jeder Winkel seines Hauses wurden von ihm unter die Lupe genommen. Selbst das Telefon baute er auseinander. Gefunden wurde aber nichts.

Hinter seinen Gardinen versuchte er zu erkunden, ob er beobachtet wird. Nichts war auffällig. Finden konnte er nichts. Ja, es war ausgesprochen ruhig. Schon etwas zu ruhig für diese Jahreszeit.

Die Frau von Peter beschwor die anderen Frauen die Ruhe zu bewahren und keine unüberlegten Handlungen zu starten. Jede Unüberlegtheit könnte sich zum Nachteil ihrer Männer auswirken. Die "Bullen" würden ja nur auf so eine Gelegenheit warten. Sie haben nichts in den Händen und das wissen sie, heute wie damals! Jetzt versuchen sie etwas zu stricken, um unseren Männern einen Mord anhängen zu können.

Pit, vielleicht könntest du unseren alten Bürgermeister aufsuchen und ihn fragen, was wir tun sollen. Damals hatte er sich ja auch für uns eingesetzt und mit Hilfe eines Anwaltes unsere Männer vom Tatvorwurf befreit. Vielleicht kann er uns noch einmal helfen?

*"Wie soll ich ihn finden," fragte Pit?
Warte mal, ich habe hier in der Schublade noch eine Adresse, wo wir den 80. Geburtstag unseres alten Bürgermeisters gefeiert haben. Warte mal, ich schreibe sie dir auf. Seniorenresidenz zum See, in Bad Zwischenahn.*
Besuch ihn unauffällig und bitte ihn um seine Hilfe oder seinen Rat. Fahr morgen früh los. Nimm die Fähre um 8.30 Uhr, anschließend den Bus. Wir werden uns ruhig verhalten und warten, bis du wieder zurück bist.

Am anderen Morgen machte sich Pit auf den Weg zum Hafen. Die Jacke tief ins Gesicht gezogen. Ständig schaute er sich um, aber er hatte nicht das Gefühl, dass ihm einer folgte. Es war sogar ausgesprochen ruhig. Selbst am Hafen war es eigenartig still. Er nahm die Fähre nach Neßmersiel. Dann fuhr er mit dem ersten Bus in Richtung Bad Zwischenahn. Er musste noch zweimal umsteigen.

Dabei hatte er weder auf dem Schiff noch im Bus das Gefühl, dass er verfolgt wurde. Also machte er sich, keine weiteren Gedanken darüber zu verschwenden, dass ihm einer folgen könnte.

Als Schulz erfuhr, wohin die Reise von Pit ging, informierte er den Kommissar, von dem er noch ein paar Hinweise bekam. Dann forderte er einen Polizeihubschrauber an, der ihn eine knappe Viertelstunde später auf dem Flughafengelände von Baltrum aufnahm und nach Westerstede brachte. Dort stand ein Einsatzfahrzeug für ihn bereit. Im Eiltempo ging es dann zur Seniorenresidenz. Pit war noch nicht dort angekommen.

So hatte Schulz noch etwas Zeit einige Vorbereitungen zu treffen. Zum Glück war der alte Bürgermeister, Herr Krummeisen, auf dem Weg zu einer Anwendung und so konnte Schulz das Zimmer mit zwei Abhörgeräten versehen.

Schulz und weitere Beamte nahmen in einem Zimmer daneben, welches gerade frei war, ihre Positionen ein und warteten auf die Ereignisse, die da noch kommen sollten.

Bad Zwischenahn ist die größte Gemeinde im Ammerland, mit ca. 28.000 Einwohnern und einer Fläche von 130 qkm. Bad Zwischenahn liegt zwischen Leer und Oldenburg, an der BAB 28, zwischen den Anschlussstellen Westerstede und Wiefelstede. Bis zur Nordsee sind es noch rund 60 km.
Eine erste Besiedlung soll es vor rund 10.000 Jahren vor Christus, nach den bisherigen Erkenntnissen der ersten Ausgrabungen, gegeben haben. Die ersten schriftlichen Zeugnisse stammen aus dem Jahr 1124.
Im Jahre 1919 erhielt Zwischenahn den Titel Bad. 1964 wurde Bad Zwischenahn ein staatlich anerkanntes Moorheilbad.

Ein großer Teil der Gemeindefläche wird, bedingt durch das milde Klima im Winter und die hohe Feuchtigkeit, von Baumschulbetrieben genutzt, die hier hervorragende Bedingungen vorfinden.

Besonderes Merkmal in dieser Landschaft ist der Rhododendron, der hier in vielfältiger Ausführung kultiviert wurde. Die Rhododendron-Blüte im Frühjahr zieht immer wieder viele tausend Besucher von weither an.
Ein weiterer Anziehungspunkt ist das Zwischenahner Meer, welches über einem weit in die Tiefe reichenden Salzstock liegt. Hier gibt es hervorragende Segelmöglichkeiten. Vom Kurpark aus, kann man per Schiff weite Teile des Zwischenahner Meeres entdecken.
Besondere Sehenswürdigkeiten in Bad Zwischenahn sind die St. Johannes Kirche, der Wasserturm von Fritz Höger und das Schüßlerdenkmal. (Schüßlersalze)

Zahlreiche Mühlen laden ebenfalls zu einem Besuch ein, wie zum Beispiel die Kappenwindmühle von 1811, die Wassermühle Ekern aus dem Jahre 1865 oder die Wassermühle Querenstede aus dem Jahre 1802.

Eine weitere Mühle ist die aus dem Fernsehen bekannte Rügenwalder Mühle in Kayhausen.
So hat die Gemeinde im schönen Ammerland für jeden Gast etwas zu bieten.

Pit war zur Mittagszeit in Bad Zwischenahn angekommen und nahm in einer kleinen Wirtschaft einen Imbiss ein, bevor er sich auf den Weg zur Seniorenresidenz machte. Dort angekommen fragte er nach dem Altbürgermeister Krummeisen. Er hatte Glück, Herr Krummeisen war wieder von seiner Anwendung zurück und befand sich in seinem Zimmer. Als Herr Krummeisen sah wer ihn besuchte, schlug er die Hände über dem Kopf zusammen und schüttelte ungläubig den Kopf.

Hart sprach er Pit an: "Was willst du denn hier? Hatten wir nicht damals vereinbart, dass ihr mich nie mehr belästigen dürft?

Und was machst du? Du suchst mich hier in meinem Alterssitz auf!" "Ich kann es nicht fassen." "Aber dies ist ein Notfall," entgegnete Pit, dem Altbürgermeister. "Ich weiß mir einfach keinen Rat mehr." Auch wenn ich die damalige Vereinbarung verletzen muss, ich weiß mir einfach keinen Rat mehr."
"Nun sage mir was du auf dem Herzen hast und dann ab mit dir." "Also Herr Bürgermeister, wie sie schon vielleicht wissen, rollt man zur Zeit den Fall Viborg von vor zwanzig Jahren wieder auf." "Nein, das wusste ich nicht. Weiter Pit." "Nun gut, seit Wochen werden zig Zeugen von damals befragt. Dann fanden sie in den Dünen die sterblichen Überreste von Frau Viborg." "Konntet ihr dies nicht verhindern?" "Nein, wir haben alles versucht, aber alles war abgeriegelt und bewacht. Sogar mit Kameras! Wir haben es so gerade noch geschafft, die Markierung zu entfernen.

Trotzdem wurden wir vier verhaftet und tagelang befragt. Obwohl wir nichts verraten haben, wurden wir unter Mordverdacht gestellt. Auch Mölders wurde verhaftet. Alle wurden unter Anklage gestellt. Nur ich wurde freigelassen!" "Mein Gott, du bist ein verdammter Idiot. Und nun kommst du auch noch hier her? Bist du nicht mehr ganz richtig in der Birne? Willst du, dass wir alle auffliegen?" "Mir ist doch keiner gefolgt. Ich war sehr vorsichtig. Keiner weiß etwas von meiner Fahrt nach hier. Aber ich habe mir einfach keinen Rat mehr gewusst, als sie aufzusuchen. Was sollen wir tun?" Der alte Herr Krummeisen setzte sich in seinen Stuhl und überlegte, was man jetzt tun könnte. "Und dich haben sie laufen lassen?" "Ja, ich begreife es nicht." "Sie haben dir eine Falle gestellt und du tapst bereitwillig hinein."

Wie dumm bist du eigentlich?

"Du bleibst hier in dem Zimmer und rührst dich nicht vom Fleck. Ich gehe nach unten, um unten im Café mein Gedeck einzunehmen, dabei werde ich mich umschauen, ob dir wirklich keiner gefolgt ist."

Langsam und bedächtig ging Krummeisen ins Café herunter, dabei warf er ein Auge auf fremde Gesichter. Aber er konnte keines entdecken.

Er nahm seinen Kuchen und trank in aller Ruhe seinen Kaffee. Dabei überlegte er angestrengt, was zu tun sei. Währenddessen lief Pit unruhig im Zimmer umher und schaute ab und zu aus dem Fenster. Warum dauert das nur so lange? Er musste ja auch wieder zurück und die letzte Fähre fuhr gegen 18.45 Uhr. Die musste er unbedingt erreichen. Sonst konnte seine Abwesenheit auf der Insel auffallen.

Dann ging die Tür auf und Krummeisen kam mit sorgenvoller Miene in das Zimmer. Er spürte, dass irgendetwas nicht in Ordnung war.

*Er schnappte sich Pit. "Pass auf, du fährst sofort zurück auf die Insel. Unterwegs holst du dir irgendein Ersatzteil im Baumarkt für dein Haus."
"Was soll ich holen?"*

*"Ein Ersatzteil, weiß Gott für was, meinetwegen einen neuen Griff für dein Küchenfenster, was weiß ich?"
Wenn dich einer auf diese Fahrt ansprechen sollte, dann kannst du sagen, dass du dringend ein Ersatzteil für dein Fenster brauchtest. Klar! Wenn du dann wieder auf der Insel bist, dann wartest du geduldig ab, was weiter geschieht. Ich schicke euch einen neuen Rechtsbeistand, was aber ein paar Tage dauern kann. Also nicht nervös werden und jetzt verschwindest du so unauffällig, wie du gekommen bist."*

Die Festnahmen

"OK," sagte Pit und machte sich auf den Weg zurück. Da der Tag doch schon recht lang für ihn war, hatte Pit noch Hunger und suchte auf dem Weg zur Bushaltestelle noch eine kleine Imbissstube auf. Hier stillte er seinen Hunger. Noch bevor er zahlen konnte, klickten die Handschellen. Pit wurde wegen Mordverdacht festgenommen.

Unterdessen nahm sich Schulz Herrn Krummeisen vor. Der war total überrascht, dass ihn Schulz verhören wollte.
Auf die Frage, was Pit bei ihm wollte, antwortete er: "Pit hatte hinsichtlich baurechtlicher Bestimmungen auf der Insel eine Frage, die ich ihm auch nicht sofort beantworten konnte, da ich ja schon einige Zeit im Ruhestand bin und die neuen Bestimmungen nicht kenne."

Und zweitens: "Was wollen sie von mir, dem ehemaligen Bürgermeister von Baltrum?"
"Ich möchte die Wahrheit von ihnen wissen, was damals mit den Viborgs passierte. Mehr eigentlich nicht. Auch wenn sie nichts sagen, so haben wir mittlerweile einige Hinweise, dass sie ihre Finger darin hatten und wir können ihnen eine Mitwissenschaft nachweisen."
Schulz nahm den Ex-Bürgermeister unter dem Verdacht der Beihilfe zum Mord fest. Trotz heftiger Proteste von Krummeisen ging es sofort nach Hamburg in die U-Haft, wo auch der Rest der Verdächtigen in der Zwischenzeit gelandet war.

Der Kommissar hatte beim Studium in den alten Unterlagen weitere Details entdeckt, die Licht ins Geflecht der Unwahrheiten brachte. So langsam ergab sich ein Bild, wie es zu dem Mord an den Viborgs kommen konnte und wie man sich an dem Hab und Gut der Viborgs bereicherte.

Nur wer war der Anstifter zu dieser Tat? Diese Frage stand noch offen.

Wer hat die Taten begangen?

Nur eine kleine handschriftliche Notiz auf einem kleinen vergilbten Zettel in den alten Unterlagen von Krummeisen, die man bei der Durchsuchung des Zimmers in der Seniorenresidenz fand, ließ den Kommissar nachdenklich werden.

In der Notiz stand:

Peter Decker - Geld für Seereise bereit legen - Schiff geht am 1.2.1994 um 10 Uhr ab Bremerhaven.

Wer war denn jetzt dieser Peter Decker? Eilig ließ der Kommissar checken, ob etwas gegen diesen Peter Decker vorlag. Die ersten Infos brachten ein vages Licht auf die Person Peter Decker.

Decker, Peter, männlich, geb. am 15.1.1953, also zur Tatzeit ca. 40 Jahre alt, wohnte in den Jahren von 1990 bis 1994 auf Baltrum, im Hause von Herrn Krummeisen, dem Bürgermeister.

Zufall? Vermutlich nicht!

In seiner Polizeiakte standen zahlreiche kleinere Straftaten, wie Betrug, Körperverletzung, Raub und Hehlerei. Seit 1994 gab es keine weiteren Eintragungen in der polizeilichen Akte.
In einer Vernehmung im Jahre 1991 gab er als Beruf Hausmeister an. Hier sollte er einen Raub begangen haben. Nur die Aussage des Bürgermeisters schützten ihn damals vor einer Bestrafung.
Damals stand Krummeisen unter Druck, denn er wollte unter allen Umständen Bürgermeister von Baltrum werden, was er ja auch im Herbst 1993 mit großer Mehrheit wurde.

Nach der Wahl wurde in einigen Zeitungsartikeln die Wahl angezweifelt, ob es bei der Wahl alles mit rechten Dingen zugegangen ist. Die Zeitung und den Redakteur gab es kurze Zeit später nicht mehr.
Dies alles könnte passen. Was hatte der Decker in den vier Jahren bei Krummeisen gemacht?

Wieso verschwand er 1994 so plötzlich?

Wohin ging die Reise? Welches Schiff ging am 1.2.1994 um 10 Uhr von Bremerhaven aus auf die Reise?

Er rief bei den Reedereien, die in Bremerhaven saßen, an und eine Reederei konnte in den alten Unterlagen ausfindig machen, dass am 1.2.1994 um 10 h die Bremen 1 nach Amerika ausgelaufen war. In den alten Passagierlisten fand sich auch ein Peter Decker.

Der Kommissar ließ dann über Interpol nach einem Peter Decker in den USA fahnden.

Schon Stunden später hatte er eine Antwort aus Denver in Colorado. Er wanderte laut Behörde am 7.2.1994 in die USA ein, unter dem Namen Peter Decker. Er ließ sich in Denver nieder und eröffnete hier eine kleine Bar. Die ersten 10 bis 12 Jahre fiel er nicht auf. Dann ging seine Bar Pleite und er wurde auffällig mit den Delikten Raub und Hehlerei. Aber er wurde nur einmal für ein halbes Jahr Gefängnis verurteilt. Die anderen Straftaten konnte man ihm nie nachweisen, obwohl er immer unter Verdacht stand, damit etwas zu tun zu haben. Fingerabdrücke und DNA - kommen per Eilpost.

Der Kommissar rief seinen amerikanischen Kollegen an und sie tauschten sich lange aus.

Der Kommissar veranlasste, dass sein amerikanischer Kollege die bisher vorliegenden Ergebnisse per Mail bekam und er versprach, Peter Decker ausfindig zu machen und ihn festzusetzen, damit er seiner gerechten Strafe zugeführt werden kann.

Der Bürgermeister a. D. im Verhör

Am anderen Morgen fuhr der Kommissar nach Hamburg. Nachdem er sich mit Schulz kurz ausgetauscht hatte, ließ er sich Krummeisen zum Verhör vorladen. Der Anwalt von Krummeisen riet ihm, die Aussage zu verweigern. Krummeisen verzog keine Miene und sagte dann ganz staatsmännisch: "Ich denke nicht daran überhaupt eine Aussage zu machen, zu einem Fall der mehr als zwanzig Jahre zurück liegt und damals von der Staatsanwaltschaft zu den Akten gelegt wurde. Und außerdem ist die Sache schon längst verjährt."

"Lieber Herr Krummeisen," sagte der Kommissar, „Mord verjährt nie!"

„Aber das ist kein Problem für mich, ich werde ihnen erzählen, wie sich die Sache damals zugetragen hat.

Sie können mich korrigieren, wenn ich mit meiner Erzählung falsch liege.

Der Kommissar steckte sich eine Zigarre an, ließ sich einen großen Pott Kaffee geben und ging langsam im Verhör-Raum auf und ab. Sein Blick fiel auf Krummeisen.

Wir schreiben den 6.4.1993. Vermutlich gegen Nachmittag. Es ist ein grauer Tag, da es nachts noch einen schweren Sturm gab. Die Viborgs kamen mit ihrem Segelschiff nach Baltrum und machten im Hafen fest. Den ganzen Tag über blieb es stürmisch. Herr Mölders und Herr Peter Decker gingen an Bord, als die Viborgs im Hafen anlegten. Wie ich auf den Namen Decker komme, erkläre ich ihnen später noch. Aber ihnen dürfte der Namen ja nicht unbekannt sein. Fahren wir also fort. Die beiden Herren inspizierten das Boot sehr genau. Danach ging man unter Deck und man handelte die Formalitäten aus. Was da im einzelnen ausgemacht wurde ist im Moment nicht so relevant. Unter einem Vorwand wurde Frau Viborg aufs Deck geschickt, vermutlich um eine Nummer vom Typenschild zu notieren.

Peter Decker folgte ihr und schlug sie mit einem Holzstück nieder. Der Schlag war tödlich. Unten in der Kajüte sprachen Mölders und Herr Viborg über das Boot und wahrscheinlich auch schon über das Haus in Dänemark. Peter Decker bemerkte, dass sein Schlag Frau Viborg getötet hatte und beschloss nun, auch Herrn Viborg zu töten, um keine Mitwisser zu haben. Er ging runter in die Kajüte und wartete bis Mölders und Viborg den Vertrag unterschrieben hatten und Mölders weitere Informationen eingesammelt hatte. Dann ging er von Bord. Als Viborg Decker fragte: "Wo ist denn meine Frau?", antwortete Decker, "sie ist noch oben auf dem Deck." "Soll ich sie holen?" "Nein, ich mache das schon." Als Viborg die kleine Treppe hinaufsteigen wollte, schlug Decker zu, mindestens zweimal, wie die damaligen Untersuchungen ergaben. Viborg starb ebenfalls an Schlägen, wie seine Frau.
Als Mölders von Bord ging wurde er von den vier Brüdern beobachtet. Als er direkt auf ihr Haus zu ging, folgten ihm zwei der Brüder.

Die beiden anderen blieben im Hafen und verfolgten das Geschehen auf dem Schiff. Sie sahen, wie sich das Schiff bewegte, sie hörten ein leises Stöhnen. Dann war alles still. Sie sahen, wie Decker etwas von Deck schaffte und in der Kajüte verschwand. Kurze Zeit später, die beiden anderen Brüder waren wieder im Hafen eingetroffen, sahen sie, wie Decker mit dem Schiff aus dem Hafen fuhr, in Richtung Langeoog. In der Fahrrinne zwischen Baltrum und Langeoog bog er nach links ab, um auf der Ostseite anzulegen. Zu dieser Zeit gab es Hochwasser und so konnte er weit auf den Strand auflaufen. Dann brachte er die beiden Leichen in den Randbereich der Düne. Jedoch wurde das Wetter immer ungemütlicher.

Er musste sich beeilen. Zuerst trug er die Frauenleiche in die Dünen und vergrub sie dort. Den Mann konnte er nicht mehr so weit tragen, weil er doch etwas schwerer war, als die Frau. Deshalb grub er ihn etwas tiefer, etwa am Dünenrand ein.

Der Sturm wurde heftiger.
Er musste schnellstens zurück auf das Boot, da es sonst vom Sturm weggerissen worden wäre. Er fuhr auf die offene See hinaus und versuchte oberhalb der Ostfriesischen Inseln in Richtung Emden zu gelangen. Irgendwann in den frühen Morgenstunden hörte der Sturm auf und Decker begann das Boot zu säubern. Gegen Mittag kam er in Emden an. Dort wurde das Schiff von Mölders übernommen und an einen Interessenten verkauft. Das bedeutete, dass man einen totalen Reingewinn von ca. 45.000 DM machte.

Dann geschah aber etwas, womit keiner gerechnet hatte. Krummeisen warf zwischendurch ein, dass dies ja ein sehr schönes Märchen sei und was er damit zu tun hätte?

Der Kommissar nahm einen tiefen Schluck aus seinem Kaffeepott, zog genüsslich an seiner Zigarre und fuhr unbeirrt weiter.

Schulz kannte seinen Chef und wusste, dass er etwas in der Hand hatte, was noch keiner wusste, aber er ließ gerne den Verhörten schmoren.

Der Kommissar fuhr fort:

Womit keiner gerechnet hatte, geschah dann. Der Älteste der Brüder, also Peter, kam zu ihnen und wollte sie damit erpressen, was er am Abend zuvor im Hafen gesehen hatte, den Mord an den beiden Viborgs. Sie überlegten kurz und machten dann dem Peter folgenden Vorschlag:

Sie, die Brüder sollten einen 100.000 D-Mark-Kredit erhalten, den sie über die Sparkasse der Insel bekommen sollten, den dann die Gemeinde später über einen speziellen Förderungsfond ablösen werde. Dies würde bedeuten, dass die Brüder einen Kredit bekämen, ohne auch nur einen Pfennig zu bezahlen. Damit das Gelingen konnte, mussten sie nur eine Bedingung erfüllen.

Bald ist ja die Bürgermeisterwahl.

Hier sollten alle aus ihrem Familienclan seinen Namen mit einem Kreuzchen versehen. Denn nur wenn er Bürgermeister werde, könnten sie das Darlehen über 100.000 Mark ihr Eigen nennen.

Über diesen Deal sollte striktes Schweigen bewahrt werden.

Ansonsten…?

Noch eins… kümmert euch um die Leichen in den Dünen. Sie sollten nie wieder auftauchen! Wie wir ja wissen ging dies schief. Herr Viborg konnte ja schon nach der Sturmnacht gefunden und geborgen werden. Leider kamen die damaligen Ermittler nicht sehr weit und der Fall geriet in Vergessenheit. Damit Frau Viborg nicht gefunden werden konnte, wurde sie von den Brüdern etwas tiefer verbuddelt und mit einer Markierung versehen, so dass man eine Veränderung in der Dünenlandschaft bemerken konnte.

Zum Glück gelang es uns, über verschiedene Quellen diverse Buchungen aus dieser Zeit feststellen, die ganz klar beweisen, dass die Brüder hier 100.000 D-Mark an Schweigegeld erhalten haben. Eine kurze Zeit später fingen die Brüder an, ihre Häuser auszubauen beziehungsweise neu zu bauen.

Schon etwas seltsam. Oder?

Sie wurden ja dann mit den Stimmen aus dem Familienclan zum Bürgermeister gewählt. Als Bürgermeister gründeten sie eiligst einen Förderverein und machten die Vereinbarung wahr. Davon zeugen auch die alten Wahlunterlagen, die uns hier vorliegen.
Sie sagen ja gar nichts mehr, darf ich annehmen, dass meine Geschichte bis hierher stimmt? Vielleicht bis auf ein paar kleine Details. Aber die schenken wir uns einfach mal."

Ich fahre fort:

„Die Brüder begannen kurze Zeit später, nach ihrer Wahl mit dem Bau ihrer Häuser. Auch an das Land kamen sie wahrscheinlich ohne Probleme heran. Sicher hatten auch sie hier ihre Hände im Spiel.
Nur das Auffinden der Leiche von Herrn Viborg war nicht geplant. So lenkten sie den Verdacht auf die vier Brüder. Aber ihnen konnte man nichts nachweisen und die Sache verlief im Sande.

Peter Decker gaben sie ein Alibi und sorgten dafür, dass er kurze Zeit später in Richtung Amerika verschwand. Man ließ ein bisschen Gras über die gesamte Sache wachsen und dann konnte man in Ruhe weitermachen. Mölders war ein williger Handlanger für sie. Seine Kanzlei wurde ebenfalls aus dem Förderfond gesponsert, wie man es heute auf neudeutsch sagen würde. So war auch das Leben von Mölders gesichert.
Wie bereits erwähnt, gaben sie und ihre Frau Peter Deckers ein Alibi, so schied er aus dem Täterkreis aus.

Weitere Ermittlungen wurden damals nicht mehr angestellt. Sie machten Peter Decker klar, dass er verschwinden müsste, bevor die Ermittler doch noch auf seine Spur kommen würden. Um seinen Entschluss zu beschleunigen, besorgten sie ihm 50.000 Mark aus dem Fond und ein Ticket in die USA. Peter Decker nahm ihr Angebot an und verschwand.
Ach ja, die 50.000 Mark haben wir ebenfalls in ihren Unterlagen gefunden. Es geht nichts über eine korrekte Buchführung.
Um die Buchführung weiter zu bemühen, flossen die 45.000 D-Mark aus dem Schiffskauf auf ihr Konto.
Jetzt wollten sie auch den Rest haben. Also ließen sie Mölders einen Vertrag ausarbeiten, wo der Verkauf des Hauses der Viborgs an ihn besiegelt wurde. Dabei ging Mölders sehr geschickt vor. Bei dem Verkauf des Schiffes wurde das Dokument so abgefasst, dass auf der letzten Seite nur noch die Unterschriften und das Siegel standen.

Diese letzte Seite wurde auch für den Hausverkauf verwandt.

So fiel keinem der Betrug auf und sie konnten sich das Haus unter den Nagel reißen. Mir fiel dies auch erst auf, als ich mehrfach den alten Kaufvertrag in den Händen hatte. Ich ließ dies prüfen und es stellte sich heraus, dass es sich hier um zwei verschiedene Papiersorten handelte. Optisch war kein Unterschied festzustellen, aber in der Zusammensetzung des Papiers.
1995 fuhren sie nach Dänemark und gaben sich als Eigentümer des Hauses von den Viborgs aus. Sie hatten ja einen gültigen Kaufvertrag in der Hand. Nach der notwendigen Überschreibung warteten sie etwa ein halbes Jahr und dann wurde das Haus von ihnen an ein Ehepaar verkauft. Für 140.000 D-Mark. Das Geld ließen sie sich ebenfalls auf ihr Konto überweisen. Auch diesen Nachweis können wir belegen. So haben sie rund 185.000 Mark aus dem Verkauf des Bootes und des Hauses erhalten.

Die Gelder, die sie für die Brüder, für Peter Decker und nicht zu vergessen, für Mölders ausgegeben haben, kamen ja aus dem Fond für Fördermaßnahmen.

Alle dieser Finanztransaktionen können wir ihnen nachweisen. Ja man kann eben nicht alle Spuren verwischen. Immer bleiben ein paar kleine Reste übrig.

Das wir nach zwanzig Jahren noch einmal das alte Fass anstechen, verdanken wir einem Zeitungsartikel. Er wühlte noch einmal alles auf. Als dann noch Pit zu ihnen kam und nach einem Rat fragte, wusste ich auf einmal Bescheid, dass sie der Drahtzieher in dem Mordfall waren. Ihr Gespräch mit Pit haben wir aufgenommen. Wir hatten jeden Schritt von Pit überwacht. Er hat bloß nichts davon gemerkt.
Mit dem ergaunerten Geld haben sie sich eine zweite Existenz aufgebaut, denn sie wussten ja damals schon, dass sie als Bürgermeister nur ein ganz kleines Licht waren.

So war ihre Abwahl nur das Ergebnis ihres Handelns.

Und die Fondskasse war ja von ihnen geräubert worden. Sie aber wollten mehr!"

Plötzlich wurde der Kommissar von Schulz in seinem Redefluss unterbrochen, Amerika sei am Telefon, sagte ein Mitarbeiter. Der Kommissar sagte nur noch kurz und knapp:

"Pause meine Herren!"

Krummeisen und sein Anwalt blieben verunsichert zurück.

Erst nach einer guten Stunde kam der Kommissar mit einem Lächeln im Gesicht zurück.

"So, wo waren wir stehen geblieben? Ach ja, ... sie waren als Bürgermeister nur ein kleines Licht.

Das einzige was sie als Bürgermeister geleistet haben, war es, die Stiftungsgesellschaft zu erleichtern, um die Mitwisser ruhig zu stellen, was ihnen ja auch gelungen ist.

Allein dies reicht schon aus, sie jahrelang hinter Gitter zu bringen.

Aber ich habe noch einen Keulenschlag für sie! Sie sind Mittäter im Mordfall der Viborgs."

"Das ist eine ungeheuerliche Anschuldigung, die sie nie beweisen können, sagte Krummeisen erregt und aufgebracht." Auch der Anwalt haute in die gleiche Kerbe.
"Aber meine Herren, glauben sie, dass ich eine solche Anschuldigung in den Raum werfe, wenn ich sie nicht begründen könnte?", entgegnete der Kommissar. Also lassen sie mich fortfahren. „Jetzt wurden alle im Verhör-Raum und dahinter hellhörig. Welchen Hammer packt der Kommissar jetzt noch aus?

Schulz war gespannt wie ein Flitze-Bogen. Da hatte der Alte noch einmal seine Einmaligkeit bewiesen. Sich alles ruhig anzuschauen, jedes Detail zweimal umzudrehen, wenn es sein musste, auch ein drittes Mal.

Schlüsse aus seinen Beobachtungen und den Fakten zu ziehen und dann den entscheidenden Treffer zu landen. Das machte ihm keiner so schnell nach. Vielleicht wird ja Schulz zu seinem würdigen Nachfolger. Denn auch er hatte schon in seinen jungen Jahren einiges drauf. Nur die Erfahrung fehlte ihm noch. Aber die kommt ja mit der Zeit.

Der Kommissar fuhr fort in seinem Monolog:

„Ja meine Herren, wissen sie noch, als ich in ihren Unterlagen diesen kleinen Zettel fand, mit dem Namen von Peter Decker. Hier wurde ich stutzig. Ich ließ Nachforschungen anstellen, hier in Deutschland und in den USA.

Aus den Befragungen aus ihrem Umfeld bekam ich die Information, dass Peter Decker so Anfang 1994 plötzlich verschwunden war. Sie machten damals noch nicht mal eine Vermisstenanzeige.
Konnten sie ja auch nicht, denn sie wussten ganz genau, dass Decker mit 50.000 Mark auf dem Weg in die USA war. Die Schiffspassage hatten sie ihm ja auch bezahlt.

Meine amerikanischen Kollegen haben ganze Arbeit geleistet und Decker in Denver festgenommen. Hier wurde er vernommen. Aufgrund der Informationen, die ich den Kollegen in den USA gab, konnten sie Decker in die Mangel nehmen. Nach 24 Stunden Vernehmung brach er zusammen und gestand die beiden Morde. Ich hatte meine amerikanischen Kollegen sehr umfangreich informiert, so dass sie mit zahlreichen Details operieren konnten, die Decker sehr stark verunsicherten.

Auch die Aussicht, in den USA verurteilt zu werden, wo die Todesstrafe droht, ließ Decker letztendlich redselig werden und er schilderte weitere Details zu diesen beiden Morden. Er hat das bestätigt, was wir schon wussten und ich ihnen heute erzählt habe.

Gleichzeitig sagte er aus, dass sie ihn dazu angestiftet haben, die Eheleute zu ermorden, damit man schneller an das Geld kommen würde. Die Aussagen, die Peter Decker in den USA gemacht hat, werden noch heute per Mail schriftlich bei uns eintreffen.

Daher nehme ich sie heute fest, wegen der Beteiligung am Doppelmord an dem Ehepaar Viborg aus Dänemark. Weiter wegen Betruges, der Urkundenfälschung und der Falschaussagen. Schulz, lesen sie ihm seine Rechte vor und dann abführen.

Die Staatsanwaltschaft wird Klage erheben."

Die sterblichen Überreste von Frau Viborg wurden in aller Stille im Grab von Herrn Viborg beigesetzt. Er liegt unter einem Decknamen auf dem Friedhof auf Baltrum. Dies hatte noch Herr Krummeisen veranlasst, um auch noch die letzten Spuren der Viborgs zu löschen.

Die Urteile

Herr Krummeisen wurde trotz seines Alters zu einer lebenslangen Haftstrafe verurteilt.
Peter Decker wurde nach Deutschland ausgewiesen und wurde ebenfalls zu einer lebenslangen Haftstrafe verurteilt. Bei einem Ausbruchsversuch, wo er drei Beamte der Haftanstalt verletzte, wurde Peter Decker von einer Polizeikugel getroffen und tödlich verletzt.

Das Haus von Krummeisen wurde versteigert und der Erlös kam dem Fond zugute. So konnte der Schaden, den Krummeisen angerichtet hatte, etwas ausgeglichen werden.

Die vier Brüder und Mölders wurden wegen Beihilfe zu Freiheitsstrafen zwischen zwei und fünf Jahren verurteilt.

In einer Presseerklärung hob der Kommissar seinen Mitarbeiter Herrn Schulz hervor und beglückwünschte ihn zu seinen hervorragenden Leistungen, die zur Aufklärung dieses alten Falles wesentlich dazu beigetragen hatten.

Endlich Urlaub!

Der Kommissar klappte sein Büchlein zusammen und freute sich darauf, seinen Strandkorb wieder zusehen, die Füße auszustrecken, dem Meer zu lauschen, das Singen des Windes zu hören und stundenlang am Strand spazieren zu gehen, ohne seine Gedanken an einen Mord zu verschwenden.

Schulz packte ebenfalls seine Sachen zusammen und verließ die kleine Insel im ostfriesischen Wattenmeer mit etwas Wehmut.

Vor allem aber die Zusammenarbeit mit seinem alten Chef wird er vermissen. Wieder einmal mehr konnte er von ihm lernen.

Als das Fährschiff im Hafen ablegte, stand der Kommissar einige Zeit am Anleger und winkte Schulz noch lange zu.

Dann ging er in das kleine Bistro am Hafen, bestellte sich seinen Kaffee und genoss die Stille auf seiner Insel, mit dem schönen Namen Baltrum. Auf dem Weg durch das Westdorf hin zu seiner Schlafstelle entdeckte er an einem Tor nachstehendes Schild:

Als er dies in Ruhe gelesen hatte, dachte er bei sich: "Gut, dass dies für mich nicht zutrifft, ich bin zwar auch im Ruhestand - aber der Chef bin ich selber."

Mein Gott der arme Kerl, was muss er wohl durchmachen. Nur schnell weg von hier!

Schlusswort:

Was der Kommissar Schöne zu diesem Zeitpunkt noch nicht wusste, dass die oberste Polizeibehörde beschlossen hatte eine neue Sonderkommission mit dem Titel "Mord 1" einzurichten, mit Sitz in Oldenburg.
Leiter dieser neuen Sonderabteilung sollte der neue Herr Haupt-Kommissar Schulz werden und Haupt-Kommissar a.d. Schöne als ZBV (zur besonderen Verwendung) ihn bei der Verfolgung der Täter unterstützen. Die Mitarbeiter sollten sie sich dafür selber aussuchen.

Dann mal bis demnächst, wenn es vielleicht heißt:

Aktenzeichen…

Der Autor und seine Mitautorin

Seit nunmehr 60 Jahren höre ich auf den Namen Fritz Stefan Valtner. Im Jahre 2012 bin ich mit meiner Frau Manuela, die ich im Jahre 2011 ehelichte, aus dem Rheinland ins schöne Friesland gezogen.

Beruflich war ich fast dreißig Jahre im Vertrieb tätig und sehr viel unterwegs, oft auch in Norddeutschland.

Meine Frau Manuela war über 20 Jahre als Hebamme aktiv und seit über zehn Jahren arbeitet sie als Ergotherapeutin mit psychisch kranken Menschen zusammen.
Zu ihren Hobbys zählen das Malen, das Gestalten mit den unterschiedlichsten Materialien und das Töpfern, was auch zu meinem Hobby geworden ist, ebenso das Malen.

So haben wir an den letzten Büchern gemeinsam gearbeitet.

Trotz beruflicher Anspannung habe ich in jungen Jahren eine Familie gegründet und habe zwei Kinder.
Durch ein Ereignis, es war ein Unfall meiner ersten Frau, wurde mein Leben völlig auf den Kopf gestellt. Über zwei Jahre lang durchlebte ich eine Zeit zwischen Hoffen und Bangen. Leider wurde diese unruhige Zeit mit dem Tod meiner ersten Frau beendet.

In der Zeit nach dem Tod meiner ersten Frau habe ich mit dem Schreiben begonnen und niedergeschrieben, was mich zu dieser Zeit bewegte.
So entstanden zum Teil sehr persönliche Bücher.

Mittlerweile sind sechs Bücher und Texte in drei Anthologien verlegt worden.

Die beiden letzten Bücher, (zwei Katzenbücher) mit den Titeln:

Mein Name ist Jacey… die Hauskatze

und

Rusty… packt aus

wurden von uns gemeinsam gestaltet.

Auch an diesem neuen Buch haben wir wieder zusammen gearbeitet.

Meine Frau Manuela war für die Illustrationen und ich für die Texte verantwortlich.

Wir wünschen unseren Lesern viel Spaß mit unserer kleinen Krimilektüre.

Bisher erschienen:

Das Leben und Wirken des Strohwitwers Fritz
ISBN: 978 3911 1758070

Plötzlich allein... wie soll ich leben ohne dich?
ISBN: 978 3939 241068

Sex, kann so schön sein... man muss ihn nur haben
ISBN: 978 3939 241010

Kolvensbachs Pitter... und sein leidvoller Ehealltag
ISBN: 978 3939 241669

Mein Name ist Jacey, die Hauskatze
ISBN: 978 3944 028224

Rusty packt aus... Die Welt aus Katzenaugen
ISBN: 978 3981 1709223